O gato do adeus

Hiro Arikawa

O gato do adeus

TRADUÇÃO DO JAPONÊS
Rita Kohl

ALFAGUARA

Edição original em japonês publicada em 2021 por Kodansha Ltd., Tóquio.
Tradução para o português brasileiro publicada mediante acordo com Kodansha Ltd.

Grafia atualizada segundo o Acordo Ortográfico da Língua Portuguesa de 1990, que entrou em vigor no Brasil em 2009.

Título original
Mitorineko

Capa
Estúdio Insólito

Ilustrações de capa e miolo
Takahiro Suganuma

Preparação
Ciça Caropreso

Revisão
Luís Eduardo Gonçalves
Ana Alvares

Dados Internacionais de Catalogação na Publicação (CIP)
(Câmara Brasileira do Livro, SP, Brasil)

Arikawa, Hiro
O gato do adeus / Hiro Arikawa ; tradução Rita Kohl. — 1ª ed. — Rio de Janeiro : Alfaguara, 2025.

Título original : Mitorineko.
ISBN 978-85-5652-292-4

1. Ficção japonesa I. Título.

25-285284 CDD-895.63

Índice para catálogo sistemático:
1. Ficção : Literatura japonesa 895.63
Cibele Maria Dias – Bibliotecária – CRB-8/9427

Todos os direitos desta edição reservados à
EDITORA SCHWARCZ S.A.
Praça Floriano, 19, sala 3001 — Cinelândia
20031-050 — Rio de Janeiro — RJ
Telefone: (21) 3993-7510
www.companhiadasletras.com.br
www.blogdacompanhia.com.br
facebook.com/editora.alfaguara
instagram.com/editora_alfaguara
x.com/alfaguara_br

O gato do adeus

Sumário

Hora do Hachi

Um complemento aos *Relatos de um gato viajante*

Quando abriu os olhos, estava dentro de uma caixa.

Olhou ao redor e encontrou um dos gatos que haviam nascido junto com ele, com manchas marrons e amarelas espalhadas pela penugem branca e macia. Se lembrava de ter outros irmãos, com cores parecidas, mas naquela caixa estavam só os dois.

O teto da caixa estava fechado e um pouco de luz entrava pelas frestas.

Era só chamar, com certeza sua mãe ia aparecer. Então pôs-se a miar a plenos pulmões, miau, miau! Levada por ele, sua irmã miou também.

Depois de algum tempo, o teto da caixa se abriu. Mas quem os olhava lá do alto não era sua mãe, e sim um menino desconhecido. O céu azul se estendia atrás da cabeça dele.

O menino ficou só olhando o interior da caixa, espantado. E então…

— Nossa! Gatos!

Um grito entusiasmado soou lá em cima. Era outro menino, que apareceu por trás do primeiro para espiar o conteúdo da caixa.

— De onde veio isso?

— A caixa estava largada aqui.

— Ah, que bonitinhos!

O recém-chegado esticou o braço e afagou o pelo dele e de sua irmã. Isso pareceu encorajar o primeiro menino, que também arriscou um carinho.

— Vamos pegar eles? — propôs o amigo.

Com as mãos em concha, o menino o tirou de dentro da caixa. O outro fez o mesmo, botou sua irmã sobre a palma das mãos.

— Será que alguém abandonou eles?

— Pode ser… — respondeu o primeiro a chegar.

— Que maldade… — murmuraram os dois.

— A gente tem que ir, vamos chegar atrasados na natação!

— Verdade, tá na hora.

Os dois ficaram dizendo essas coisas mas ainda demoraram muito para se levantar e ir embora.

— Vamos, Satoru!

Quem mais enrolou para se afastar da caixa foi o segundo menino. Só largou o gatinho, contrariado, depois de muita insistência do amigo.

As duas crianças saíram correndo e o som de seus passos desapareceu ao longe.

Pouco depois, novas sombras se projetaram sobre a caixa. Dessa vez, quem examinava o interior do recipiente eram duas meninas de chapéu amarelo.

— Ai, que fofos!!

Derramaram sobre eles exclamações animadas, até que uma mão se aproximou sem cerimônia e o puxou para fora. O mesmo aconteceu com sua irmã.

— Coitadinhos, será que foram abandonados?

— Acho que vou levar um pra casa…

— Seus pais vão deixar você ter um gato?

— Não sei, mas… são tão bonitinhos… Acho que ela vai deixar quando vir o gatinho.

— Puxa! Aí eu vou lá brincar com ele, tá?

— Tá! Qual será que eu pego? Qual é mais fofo?

As duas meninas começaram a comparar os irmãos, erguendo-os no ar e passando-os de mão em mão.

— Acho que vou levar este.

— Esse aí? O rabo dele é torto, olha que esquisito!

— Ah é… Então vou ficar com esse.

A menina o devolveu à caixa e pegou a irmã. Enquanto o rabo dela era retinho, o dele terminava em uma curva bem marcada.

Depois disso, sua irmã não voltou mais para a caixa.

Sozinho ali dentro, ele sentiu a solidão apertar. Gritou o mais alto que pôde — *miau, miau…* Normalmente, alguns miados já garantiam que sua mãe viesse correndo, mas dessa vez, por mais que chamasse, ela não apareceu.

Com o passar do tempo, a exaustão deixou seus miados mais e mais fracos. O sono foi tomando conta dele. A certa altura, não saberia dizer ao certo quando, ele se enrodilhou e adormeceu.

Foi despertado por uma conversa sussurrada. Ergueu os olhos na direção das vozes e viu os mesmos meninos, aqueles que tinham ido embora falando da aula de natação ou coisa assim.

— O que será que aconteceu com o outro?

Deviam estar falando da irmã que fora levada embora.

Sem tirar os olhos dele, falaram sobre como seria legal poder levá-lo para casa e avaliaram se havia uma maneira de conseguir isso.

Até que um dos meninos, que fora chamado de Satoru, decidiu:

— Vou pedir pra minha mãe!

— Ei, assim não vale!

Satoru se assustou com a reprovação do amigo, que acrescentou, atrapalhado:

— É que... fui eu que vi primeiro...

— Verdade, você encontrou primeiro, então o gato é seu — se desculpou Satoru.

Então esse outro menino, chamado de Ko-chan, o levou para casa com caixa e tudo. Entretanto...

— Ficou maluco? De jeito nenhum!

O homem que Ko-chan chamou de pai recusou terminantemente o novo morador.

Ko-chan insistiu por muito tempo, mas acabou desistindo e saiu de casa chorando, com a caixa nos braços.

Daquele jeito, ele ia acabar abandonado na rua mais uma vez.

Mas o menino foi para a casa de Satoru.

— O que aconteceu, Ko-chan?

— Papai não me deixou ficar com o gato.

— Deixa comigo, eu tenho um plano! — respondeu Satoru e, puxando pela mão o amigo que soluçava, saiu de casa.

Alguém perguntou de lá de dentro aonde ele ia e Satoru respondeu bem alto:

— Eu e Ko-chan vamos dar uma fugida rapidinho.

Satoru descreveu sua estratégia numa avalanche de palavras:

— É que eu li um livro na escola esses dias sobre um menino que encontra um cachorrinho na rua, mas aí o pai briga com ele e manda devolver o cachorro onde o encontrou, mas ele não tem coragem de abandonar o cachorro lá e acaba fugindo de casa, aí o pai encontra o filho de madrugada, perdoa ele e diz que o menino pode ficar com o cachorro se cuidar direitinho dele!

Pelo jeito, acreditava que bastava o amigo fazer a mesma coisa. Ko-chan não parecia convencido de que as coisas seriam tão simples, mas se deixou levar pelo entusiasmo do amigo.

Os dois meninos se sentaram em um parque para comer um lanche, e ele ganhou uma lata de comida de gato. Era uma comida pastosa que enchia bem a barriga. Comeu com gosto, pois estava faminto. Uma hora mergulhou o focinho na comida úmida e acabou espirrando, o que fez Satoru e Ko-chan darem risada.

Entretanto, a estratégia não teve o efeito esperado.

— Seus moleques! — Era o pai de Ko-chan quem berrava. Continuou a vociferar que era para deixarem de fazer arte e voltarem logo para casa.

— Inimigo à vista! Corre!

Após essa ordem de Satoru, a caixa começou a sacudir loucamente. Os dois tinham saído correndo com ela nas mãos.

Rolando para lá e para cá dentro da caixa, ele não sabia mais o que era céu e o que era terra.

Finalmente, o balanço cessou e abriram o teto. Dois rostos preocupados o examinaram.

— Será que ele está bem? Desculpa, sacudimos tanto você!

Ele protestou com todas as suas forças, pois não queria mais ser balançado:

MIAUUU!

— Estou ouvindo o gato!

— Eles estão no telhado!

Em meio às vozes de vários adultos, soou o vozeirão do pai de Ko-chan.

— Kosuke! Pare logo com essa bobagem!

Com esse grito, os olhos de Ko-chan se encheram de lágrimas.

— Não deu nada certo esse seu plano, seu tonto!

— Espere! Quem sabe ainda acontece uma reviravolta...

— Que nada!

Enquanto a discórdia crescia entre os meninos, os adultos que os perseguiam discutiam o que fazer para alcançá-los.

— Dá para subir por aquela escada de emergência!

Pelo jeito, o pai de Ko-chan já vinha subindo furioso em direção a eles.

— Estamos fritos!

Essa história de fritura não ficou muito clara, mas isso não importava, desde que não o sacudissem mais.

Então, Satoru declarou bem alto:

— Não se aproximem! Se vocês subirem, eu me jogo! — Uma comoção correu entre os adultos. — ... foi o que Ko-chan disse!

— *O quê?!* — pelo modo como Ko-chan reagiu, aquela declaração não parecia estar alinhada com suas intenções. — Não fale uma coisa dessas, Satoru!

Os dois recomeçaram a discussão.

— Satoru, isso é verdade?

— Verdade verdadeira! Ele já está tirando os sapatos!

Os adultos soltaram gritos desesperados.

— Deixa de brincadeira, moleque! — vociferou mais uma vez o pai de Kosuke. — Tudo tem limite! Já chego aí pra arrastar você de volta!

— Não faça isso, tio! Ko-chan está muito determinado! Está disposto a deixar este mundo cruel se alguém subir aqui! Ele e o gato fizeram um pacto de morte!

Ele não sabia o que era esse tal de pacto de morte, mas estavam querendo incluí-lo no plano e não parecia que o resultado seria muito favorável. O instinto lhe dizia para fugir, mas as paredes da caixa eram altas demais para escalar.

Enquanto isso, os dois meninos continuavam a discutir.

— Tá maluco? Será que você pode parar de brincar com a minha vida, faz favor?

— Ué, mas você não quer ficar com o gato?

— Eu quero, mas...

Ko-chan ficou sem palavras por um instante, depois gritou um protesto desesperado:

— Em vez desse drama todo, você não pode simplesmente pedir para ficar com ele na sua casa?

Satoru ficou pasmo. *Como é?*

— Era só eu ter ficado com ele?

— Uma *pessoa normal* teria considerado essa possibilidade, antes de mandar o amigo se suicidar junto com o gato!

— Poxa, então por que você não disse logo?

E foi assim que ele se tornou o gato da família de Satoru.

Chegando em casa, os pais de Satoru deram uma bronca enorme no menino, que escutou enquanto comia com apetite o jantar.

Também serviram comida de gato enlatada em um pratinho. A comida, pastosa, fugia para os cantos do prato e ele não conseguia abocanhar as últimas porções. A mãe de Satoru o ajudou, reunindo a comida com os dedos.

Quando terminou de comer e de limpar o rosto, a refeição das pessoas e o sermão também pareciam ter chegado ao fim.

— Ele deve ter uns dois meses... — disse a mãe, acariciando atrás da sua orelha. Sem nem reparar, ele começou a ronronar, pois era a mesma sensação de quando sua mãe gata o lambia.

— Que barulho é esse?! — Satoru arregalou os olhos.

— Ele está ronronando; eles fazem isso quando acham gostoso.

O menino ficou admirado, então a mãe mostrou, coçando embaixo do queixo:

— Aqui também, ó.

Satoru a imitou, mas ainda era desajeitado, tinha que melhorar.

— Olha só, ele tem o rabo de gancho.

— De gancho?

— A ponta do rabo é dobrada, que nem um gancho.

A mãe acompanhou com o dedo a curva de seu rabo. Foi por causa desse rabo torto que aquela menina não o escolheu mais cedo naquele dia. Mas, nessa casa, ninguém parecia se incomodar com ele.

— A gente tem que escolher um nome — lembrou o pai.

Satoru levantou a mão, ansioso para dar sua ideia:

— Lamborghini!

— Isso é comprido demais, e difícil de falar!

— McLaren! McLaren!

— Esquece esses nomes de carro.

— Mas são tão legais...

O pai tentou mediar a discussão entre Satoru e a mãe:

— Com esses nomes estrangeiros a gente não sente intimidade... Que tal Malhado, por causa do pelo dele?

— Ah, não, é óbvio demais!

O pai desanimou e se calou depois de ter sua sugestão podada pela esposa.

Satoru ficou olhando para o gato. Então:

— Que tal Hachi, como o número oito?

Seus pais não entenderam nada.

— Olha só, essas manchas na testa dele parecem o ideograma de oito.

— Bom, no quesito obviedade vocês estão empatados... Será que ele puxou ao pai por ser menino? — murmurou a mãe, lançando um olhar para o marido, que se remexeu constrangido. — Mas, apesar de também ser meio literal, a ideia do Satoru é mais sofisticada. E, também, o número oito traz prosperidade.

Então ficou decidido. Satoru o pegou nas mãos e encostou o nariz na ponta de seu focinho.

— Hachi! Seu nome é Hachi. Fala oi, Hachi!

Miau, respondeu ele, e todo o rosto de Satoru se iluminou num sorriso radiante.

— Ele respondeu! Você entende o que eu estou dizendo, não entende?

Satoru esfregou as bochechas radiantes na cara dele.

Assim, ele passou a ser Hachi, o gato da família do Satoru.

Hachi guardava lembranças vagas da casa onde vivera com sua mãe gata e seus irmãos, mas depois de três dias na casa de Satoru se esqueceu de tudo.

Ko-chan vinha visitá-lo quase todos os dias. Naquela tarde, trouxera de presente uma varetinha para gatos.

— Pedi pra minha mãe comprar ontem, no supermercado. Dizem que essa parte, que o gato tenta pegar, é feita de pelo de coelho.

Ele sacudiu o brinquedo na frente de Hachi. O pelo de coelho, pendurado no fio, balançou para lá e para cá, bem rápido, diante de seus olhos.

Era um espetáculo estonteante, sem dúvida, mas justamente por ser tão intenso não incitava grande entusiasmo.

— Assim não funciona. — Satoru tomou a vareta do amigo.

Escondeu o brinquedo debaixo dc uma almofada, deixando aparecer só um pedacinho, que agitava um pouquinho e logo parava. Depois se mexia de novo.

Hachi sentiu o traseiro se erguer por reflexo. Seu rabo em forma de gancho se espichou, balançando para lá e para cá, e ele abaixou o tronco rente ao chão. Então voou num salto e agarrou com as patas da frente o brinquedo! Ou achou que tinha agarrado, pois ele logo escapou de seus dedos e continuou a se agitar um pouco adiante.

Mais um pulo e, dessa vez, o brinquedo desapareceu sob a almofada num passe de mágica, para em seguida surgir às suas costas, então Hachi rodopiou, determinado, e pulou sobre ele, que por muito pouco escapou de suas patas e continuou inalcançável.

Ko-chan suspirou, admirado.

— Você é muito bom nisso, Satoru.

O menino soltou uma risadinha, cheio de si, mas só tinha essa habilidade com a vareta graças às lições dadas por sua mãe. Ela era ainda melhor. Parece que teve um gato quando era criança.

— Entendi como é, deixa eu fazer. — Ko-chan veio tirar a desforra.

Moveu a vareta, imitando os gestos de Satoru, mas… Era apressado demais. Hachi conseguia acompanhar com os olhos o pelo de coelho, mas não achava uma brecha para dar o bote.

— Assim tá rápido demais.

— Será que o Hachi é meio lerdo?

— Imagina, ele é só um cara sossegado.

Os primeiros a falarem que Hachi era "sossegado" foram os pais de Satoru. Na prática, não era tão diferente de ser lerdo, mas soava bem melhor dito assim.

Ko-chan parou de sacudir o brinquedo de um lado para o outro e começou a mostrar e a esconder o pelo de coelho embaixo de uma almofada, sempre no mesmo lugar. Assim, sem dribles para os lados, era mais fácil para Hachi pegar.

— Hora do lanche!

A mãe de Satoru apareceu, trazendo bolinhos doces feitos no vapor, e Ko-chan, distraído pela comida, diminuiu a velocidade com que movia a vareta. Hachi aproveitou a oportunidade e agarrou os pelos cinza, depois se divertiu mordendo o brinquedo inteiro.

— Ué, não tem passas?

— Não é toda vez que eu boto passas.

Satoru protestou fazendo bico e levou um peteleco na testa:

— Deixa de ser reclamão!

— Eu prefiro quando é de chocolate — opinou Ko-chan.

Muitas vezes a mãe de Satoru incrementava essa receita com chocolate em pó.

— O de chocolate também está em falta, o que tem hoje é esse. Deixa de frescura e come! — Ko-chan também levou um peteleco na testa e pareceu contente com isso.

Os dois se concentraram na comida e o brinquedo ficou imóvel. Entediado, Hachi atacou os dedos de Satoru.

— Ai! Não faz isso!

Continuou caçando as unhas que fugiam, até o menino se levantar:

— Tá bom, tá bom.

Ele revirou o cesto de lona onde ficavam os brinquedos de Hachi e achou um ratinho. Era um brinquedo feito de pelos brancos, com um longo rabo de couro.

— Olha só... Você gosta desse, não gosta? — Satoru segurou o ratinho pelo rabo, o girou no ar e arremessou em direção ao corredor. — Vai pegar!

Hachi disparou feito louco atrás do bicho. Quando o alcançou e acertou uma patada, o ratinho deslizou para longe, pelo piso lustroso do corredor. Bateu novamente e o brinquedo escorregou em outra direção.

— O Hachi adora esse rato, né?

— É, assim ele passa um tempo brincando sozinho.

— Será que ele consegue pegar um rato de verdade?

— Hum…

Essa dúvida de Ko-chan foi respondida alguns meses mais tarde.

— Ai, um rato! — gritou a mãe, que organizava o conteúdo de um armário embutido. O bicho tinha pulado para fora quando ela abriu as portas do alto.

Ele atravessou a sala como um raio e deu de cara com Hachi, que vinha caminhando.

— Pega, Hachi!

Acontece que a criatura era três vezes maior que o ratinho branco de sempre, tinha um pelo cinzento encardido e, acima de tudo, se mexia sozinha, mesmo sem ser arremessada nem levar patada. Hachi nunca tinha visto um rato assim.

Sem saber como agir diante daquele animal, deu alguns passos para trás.

O rato não pensou duas vezes. Passou por entre as pernas de Hachi e escapou rumo à entrada da casa. Surpreendido pelo vento na barriga, o gato caiu sentado.

— Eu boto ele pra fora! — O pai veio correndo pelo corredor, segurando um jornal enrolado.

— Fecha a porta, Satoru!

Satoru fechou a porta da sala para o corredor, depois se agachou diante de Hachi.

— Que vergonha, um gato levar um olé assim de um rato…

Hachi achou aquela crítica injusta. Os ratos que ele conhecia não eram que nem aquele troço.

— Bom, é a primeira vez na vida que ele vê um rato. Foi criado com muita mordomia... — acrescentou a mãe.

Hachi miou em protesto, estou dizendo que aquilo lá não é um rato!, mas nenhum dos dois lhe deu atenção.

— Pronto, já expulsei! — O pai voltou para a sala. — Você virou túnel de rato, hein, Hachi.

Ele consolou o gato com um afago. Por mais que Hachi insistisse que aquele bicho não era rato porcaria nenhuma, ninguém lhe dava ouvidos.

— Dizem que gato só mostra serviço quando aparece um rato, mas aqui em casa nem assim!

Aquilo já era demais. Hachi se enrodilhou num canto do sofá. Era inútil tentar conversar com aquela família obtusa.

— Tudo bem, tudo bem. Quem mora nesta casa não é um gato qualquer, é o Hachi.

— Ficou chateado? — Satoru se aproximou e fez um carinho, mas era tarde demais. — Não tem problema, você é nosso gato preferido mesmo se não pegar nenhum rato.

Hachi pretendia ficar de mau humor por mais tempo, mas os esforços de Satoru para alegrá-lo, afagando atrás da sua orelha e embaixo do queixo, acabaram vencendo e o fizeram ronronar.

Quando Hachi foi resgatado da rua, Satoru era enorme, mas de repente tinha virado uma criança mais nova do que ele.

Pelo jeito, o tempo passava de jeitos diferentes para os humanos e os gatos. Hachi só se deu conta disso quando já havia deixado Satoru para trás e era um adulto feito.

As varetinhas e os ratos de brinquedo já não o atraíam como antes. Era cada vez mais comum ele continuar deitado quando Satoru o chamava para brincar.

— Quando a gente pegou o Hachi, ele era deste tamanhinho, lembra?

No espaço que Ko-chan fez com as mãos, cabia um punho. Não era possível que Hachi fosse tão minúsculo assim. Os meninos deviam ter exagerado a história com o passar do tempo. Quem sabe as lembranças da infância tomavam proporções mais intensas? Afinal, para Hachi nos tempos de filhote, Satoru parecia ser do tamanho de uma montanha.

Comparados com Hachi, Satoru e Ko-chan cresciam muito, muito devagar. Um gato pode triplicar de tamanho no espaço de um ano, mas eles só cresciam alguns centímetros. Quanto tempo será que ia demorar até ficarem adultos? Hachi achava aquilo estranhíssimo.

Chegou a segunda primavera desde que Hachi fora morar naquela casa.

As mochilas pretas de couro que Satoru e Ko-chan usavam na escola já pareciam um pouco pequenas. Observando no dia a dia, era difícil notar, mas, pensando bem, até que eles estavam espichando bastante.

Depois que acabou a primavera e começou o verão, certo dia Satoru chegou em casa com um grande troféu dourado. Acontecia volta e meia de aparecer com algum troféu, mas nunca desse tamanho.

No jantar daquele dia serviram só os pratos preferidos de Satoru. Frango frito, salada de batata e uma bandeja de sushi comprado fora, sem raiz-forte. Um terço da bandeja eram sushis de omelete.

Hachi também ganhou uma refeição especial, frango cozido no vapor.

Antes de comer, os três fizeram um brinde, Satoru com um refresco e os pais com cerveja:

— À vitória do Satoru! Parabéns!

Pelo jeito, o menino tinha participado de uma competição na escola de natação que frequentava junto com Ko-chan. Fora sua maior prova até agora e ele tinha ficado em primeiro lugar.

— Muito bem, Satoru! Quando eu tinha a sua idade, eu só conseguia nadar vinte e cinco metros.

— Ah, mas não dá pra comparar, a gente cresceu em Hokkaido...

Segundo a mãe, em Hokkaido não havia tantos nadadores bons por falta de lugares para praticar, já que até no verão o mar e os rios eram gelados.

— O professor falou que você devia continuar com a natação depois que mudar de escola. O que você acha?

Satoru não prestou muita atenção, estava mais focado no frango frito preparado pela mãe. Já tinha comido três pedaços, intercalando com sushis de omelete.

— Hum... Se o Ko-chan for continuar também, pode ser — respondeu ele, distraído, e abocanhou o quarto pedaço de frango.

Já Ko-chan não parecia ter grande talento na natação. No campeonato daquele dia, estivera apenas na torcida.

— Agora que você vai entrar numa escola maior, deve ter clube de natação, não tem? — O pai também tentou sondar o assunto.

Mas Satoru só repetiu que se Ko-chan também entrasse podia participar do clube, e pegou mais um sushi.

— Ko-chan falou que quer entrar?

— Falou que ainda não sabe.

Pelo jeito, o interesse de Satoru na natação se resumia a saber se Ko-chan estaria com ele ou não. Seu pai parecia lamentar essa falta de entusiasmo, mas disse apenas:

— Bom, se tiver vontade, você continua.

Depois amolou a mãe para ela pegar mais uma garrafa de cerveja, pois já haviam acabado com a primeira.

— Você é da equipe de abastecimento! — ele pediu, de mãos juntas, até que ela se levantou rindo e foi para a cozinha.

Satoru finalmente se cansou da omelete e pegou um sushi de atum. Mas quando Hachi arranhou a manga de sua roupa, separou o atum para ele e comeu apenas o arroz avinagrado.

O gato não sabia dizer se Satoru e Ko-chan continuariam a nadar na escola nova ou não, mas sabia que, de sua parte, continuaria acompanhando aquela dupla enquanto eles espichavam. Hachi fora abandonado com sua irmã e, de todas as casas do mundo, viera parar naquela. Acreditava que isso tinha acontecido para que ele pudesse cuidar dos dois meninos enquanto eles cresciam em seu ritmo lento.

— Haaachi!

Satoru, já satisfeito, enganchou o dedo no rabo de Hachi. Ele gostava do rabo torto do gato e sempre o puxava desse jeito.

Foi por causa desse rabo curvado que aquela menina levou sua irmã em vez dele.

Para Hachi, o rabo diferente trouxera muita sorte.

Depois de um verão quente como uma sauna, finalmente o vento começou a refrescar e o céu foi ficando mais vasto.

— Mãe, e a mala? Você falou que ia comprar hoje, não falou? — Assim que chegou da escola, Satoru grudou na mãe.

— Já tá aqui, menino!

Rindo, sua mãe pegou a mala de viagem que tinha comprado naquela tarde. Era grande, de tecido rugoso e azul.

— Posso começar a colocar as coisas?

— Ainda falta uma semana para a viagem de campo!

— Mas é melhor eu já começar logo, pra poder arrumar com calma.

Pelo jeito, para Satoru essa viagem de campo da escola era um evento de suma importância.

— Quantas cuecas precisa levar pra uma viagem de três dias?

— Duas.

— Não são três??

— É que a do primeiro dia você já vai usando.

Satoru não ficou convencido.

— Mas assim parece pouco demais...

— Tá certo, então leva três. É bom garantir, vai que você faz xixi na cama, né? — cantarolou a mãe, zombando.

Satoru corou como um pimentão e a atacou com soquinhos.

— Eu não faço mais essas coisas! Faz um tempão!

Ele tinha razão. Aquilo de Satoru desenhar um mapa-múndi no lençol só acontecia no tempo em que Hachi era filhote. Nessa época, até Hachi ainda deixava escapar alguma coisa de vez em quando. Tudo isso ficara num passado tão, tão distante, que ele mal se recordava.

Hachi já não tinha acidentes desse tipo e Satoru também não.

— Não vou fazer xixi na cama! É só que dá a impressão de que tá faltando alguma coisa!

— Por que você não pergunta para o Ko-chan, então?

Quando Ko-chan apareceu, Satoru pediu a opinião dele sobre a quantidade de cuecas para uma mala de três dias.

Discutiram longamente a questão, desenhando as cuecas necessárias no caderno de artes.

— No primeiro dia a gente toma banho e usa uma... depois mais uma pro banho do segundo dia. Aí no terceiro...

— No terceiro a gente volta pra casa, então não precisa.

Ko-chan era do time das duas cuecas, porém, diante do amigo que insistia "mas são três dias!", logo perdeu a convicção. Satoru rabiscou várias cuecas no caderno.

— Vejam. — A mãe entrou na conversa, pegou o lápis de Satoru e desenhou uma pessoa de cueca antes do banho do primeiro dia. Estava de boné, para parecer um menino.

— Tem a cueca que você já vai usando, não tem? Então com essa que você vai usando mais a cueca depois do banho do primeiro dia e a do banho do segundo dia, dá três, tá vendo? — Ela fez as contas, apontando as cuecas do desenho.

Os dois finalmente se conformaram.

— Então só precisa levar duas!

— Isso — respondeu a mãe, orgulhosa.

Mais tarde, no entanto, ela soltou uma exclamação ao examinar uma folha impressa que estava grudada na porta da geladeira, e gritou para os meninos:

— Desculpa, pessoal! No comunicado sobre a viagem, dizem para levar uma roupa de baixo extra. Então são três mesmo!

— Ah, não!

Ao ouvirem o contrário do que finalmente haviam concluído, os dois vaiaram. A mãe voltou e acrescentou às duas cuecas do desenho mais uma, entre parênteses.

— Na verdade, na verdade mesmo, são só duas. A outra é só extra, pra garantir.

— Como assim, pra garantir?

— Ah, se alguém fizer xixi na calça ou coisa assim.

— Já disse que não vou fazer xixi!

Assim, depois de grande comoção, ficou definido que seriam três cuecas.

— E as meias? Também são três? — perguntou Satoru, e a mãe foi olhar o papel mais uma vez.

— Não falam nada sobre meias extras... Acho que só dois pares está bom.

— Mas e se molhar com a chuva ou coisa assim?

— Bom, se você estiver preocupado, leva um par a mais.

Então Satoru e Ko-chan começaram uma nova deliberação para decidir se era necessário levar um par de meias extra ou não.

Um gato pode ir viajar para onde quiser, do jeitinho que veio ao mundo, sem levar nada. Mas os humanos, que cobrem o corpo com um monte de coisa, precisam de preparativos muito elaborados. Hachi entrou na mala escancarada, se enrodilhou lá dentro e ficou acompanhando a discussão dos dois de canto de olho.

Enfim chegou a véspera da viagem.

— Próximo... Escova de dentes!

— Aqui!

Satoru e Ko-chan sacaram ao mesmo tempo seus kits de escova e pasta, e os ergueram no ar. Estavam verificando se não tinham se esquecido de nada. Ko-chan havia trazido sua mala só para isso. Conforme ele ia lendo a lista, os dois pegavam cada item nas malas.

— Escuta, se com toda essa bagunça vocês acabarem deixando alguma coisa para trás, não é problema meu, hein? — comentou a mãe ao passar para pegar a roupa suja. Mas os dois não deram ouvidos, disseram que estava tudo bem.

— Cuecas?

— Três!

— Meias?

— Duas!

Então a conclusão fora que dois pares de meia bastavam.

Depois de repassarem todo o conteúdo, os meninos fecharam as malas, muito satisfeitos. Porém Hachi reparou num kit de escova e pasta de dentes caído junto à mala de Ko-chan.

Bem que a mãe avisou!, pensou ele, dando uma patada no kit.

— Ah! Ko-chan, você tá esquecendo a escova — avisou Satoru.

— Ixi, que perigo! — exclamou o menino, pegando a escova e dando uma bronca no gato. — Não mexe nisso, Hachi! Não é brinquedo.

O gato estreitou os olhos, irritado. Onde já se viu tratar assim quem está te ajudando?!

Satoru apareceu com uma varetinha e disse a ele para brincar com ela em vez da escova. Hachi continuava contrariado, mas resolveu deixar barato, já que os dois iam passar três dias fora. Se partissem deixando ele bravo, poderiam ficar preocupados durante a viagem. Os dois ainda eram crianças, nem sempre compreendiam as ações dos adultos... Esse tipo de coisa faz parte da vida.

Além disso, a técnica de Satoru com a vareta, que ele aprendera com a mãe, era muito difícil de ignorar.

Passou algum tempo correndo para lá e para cá atrás do brinquedo, que escapulia veloz, depois parava de repente. Ko-chan também controlou a vareta algumas vezes, mas continuava sendo pior do que o amigo. Nunca deixava Hachi agarrar o brinquedo, como Satoru fazia às vezes, então não tinha graça nenhuma.

— Já está quase na hora do jantar! — anunciou a mãe, da cozinha. — Ko-chan, você precisa ir pra casa, que amanhã a saída pra viagem é bem cedo.

— Poxa, mas o Hachi está tão animado…

Ah, não seja por isso.

Hachi largou o brinquedo. A mãe também interveio:

— Vocês podem brincar com o Hachi outro dia.

— Tá…

Ko-chan se despediu de Hachi com um afago na cabeça e foi embora, carregando sua mala. Depois de acompanhar o amigo até a porta, Satoru também levou sua mala para o quarto. Nenhum dos dois agradeceu o cuidado atencioso de Hachi ao garantir que não se esquecessem de nada. Eram crianças mesmo.

Satoru estava animadíssimo no jantar desse dia.

— Pai, o que você quer que eu traga de lembrança pra você?

— Ah, pode ser qualquer coisa, sendo um presente seu, vou ficar feliz.

O pai deve ter dito isso para ser gentil, mas Satoru achou sem graça e desanimou.

— E você, mãe?

— Quero aqueles lencinhos de tirar brilho do rosto, da Yojiya.

— Lencinhos pra tirar brilho do rosto? O que é isso?

A mãe saiu da mesa e pegou o nécessaire na bolsa de pano que usava todo dia. Ali guardava coisas como pó compacto e batom, as coisas que usava para ficar bonita.

Tirou lá de dentro um tipo de minilivro, com folhas transparentes de tão finas.

— É um negócio assim, ó. Os da Yojiya têm um desenho de rosto de mulher.

— Que tipo de rosto?

— Hã...

A mãe desenhou no bloco de notas, com traços simples, um rosto que lembrava uma boneca *kokeshi*.

— E se eu encontrar um mais bonito, posso comprar?

— Ah, não, tem que ser da Yojiya!

Satoru assentiu com ares de adulto compreensivo diante de uma resposta teimosa.

Naquela noite, o menino não conseguia dormir, de tanta excitação com a viagem. Ficou virando para um lado e para o outro, e cada vez que isso acontecia Hachi tinha que escolher outro pedaço do cobertor para dormir.

— Ai, e agora?... Tenho que acordar cedo amanhã — choramingou Satoru, aproximando do rosto o relógio que ficava na mesa de cabeceira. Empurrou o cobertor e se levantou.

Preocupado, Hachi acompanhou o menino até a sala. Lá a luz ainda estava acesa, pois sua mãe estava acordada.

— Mãe...

— Pode deixar.

Ela escrevia algo sentada à mesa, mas ao vê-lo sorriu e se levantou. Remexeu umas coisas na cozinha e Hachi escutou o apito do micro-ondas. Depois ela voltou de lá trazendo uma caneca fumegante, com leite quente e perfumado.

Esse era o "remédio para uma boa noite de sono" que a mãe sempre servia quando Satoru estava animado demais para dormir — antes das excursões da escola, visitas ao campo ou viagens de família.

— O de hoje está especial, coloquei duas colheres de mel. Vai agir rapidinho.

Satoru concordou com a cabeça, alegre, se sentou no sofá e ficou assoprando a caneca.

— Você já foi para Quioto, mãe?

— Algumas vezes.

— Foi no templo Kiyomizu?

— Fui, sim! O tofu cozido de lá é muito gostoso, você devia aproveitar para experimentar no seu horário livre.

— Ah, não, tofu é muito sem graça.

Depois da caneca de leite acompanhada por uma conversa tranquila, as pálpebras do menino enfim começavam a pesar. Disse boa-noite para a mãe, voltou para o quarto, e dessa vez só precisou se ajeitar um pouco e logo adormeceu. Hachi se enrodilhou a seus pés.

No dia seguinte o menino acordou cedo e saiu para a escola entusiasmado, junto com Ko-chan, que viera encontrá-lo.

Em dois dias estaria de volta, trazendo na mala lembrancinhas para os pais. Esse era o plano.

No dia seguinte à partida de Satoru, choveu sem parar. O resultado foi que Hachi sentiu as pestanas pesarem o dia inteiro, pois chuva sempre deixa os gatos sonolentos. Só comeu o café da manhã e logo se encasulou no sofá. Dali, viu o pai espiar pela janela enquanto arrumava a gravata.

— Ixi, tá caindo o mundo... Será que o Satoru tá bem?

— Em Quioto está sol, pela previsão do tempo.

— Ah, que bom. Se estivesse chovendo assim lá, acabava com o passeio deles. Só pra chegar na estação já vou ficar encharcado.

— Tudo bem, eu te levo de carro.

O pai terminou de tomar café e vestiu o paletó, enquanto a mãe levava a louça suja para a pia.

Depois os dois saíram, apressados. O pai falou tchau para Hachi, mas a mãe não disse nada. Ela ia voltar logo.

O barulho enfadonho da chuva não cessava. Os gatos lidam com esse tipo de clima se entregando de corpo e alma ao sono. A chuva lá fora, e o bichano roncando aqui dentro. *Chuá-chuá, ronc-ronc.*

Será que foi impressão dele, aquele som distante de uma sirene em meio ao ruído contínuo da água?

Hachi dormiu tudo que queria e uma hora se cansou. Deu um bocejo enorme e espreguiçou arqueando as costas. Então desceu do sofá com um pulo delicado e foi até a cozinha. A julgar pelo tamanho da sua fome, já devia passar da hora do almoço.

No seu prato, ao lado da pia, restava apenas um pouco da ração do café da manhã. Não era o suficiente, mas ele começou a comer, confiante de que a mãe iria notar e vir servir mais.

No entanto, mesmo quando ele terminou de limpar o prato, nem sinal de ela aparecer na cozinha. O único barulho na casa era da chuva, não se ouvia a mãe circulando pelos cômodos.

Hachi achou aquilo estranho, mas, incapaz de resistir ao sono que voltava a atacar, adormeceu novamente.

Chuá-chuá, ronc-ronc, chuá-chuá, ronc-ronc, ronc-ronc, ronc-ronc.

O ruído da chuva estava mais fraco. Hachi foi despertado pelo som da porta da casa se abrindo.

Correu até a entrada, preparado para reclamar: que demora foi essa, estou morto de fome! Mas quem encontrou ali não foi a mãe. Foi um rosto um pouco parecido com o dela, mas bem mais jovem.

Era a tia de Satoru, irmã de sua mãe, que já viera visitar a família algumas vezes.

Ao ver Hachi, ela teve um pequeno sobressalto. Nas poucas vezes que a vira, já ficara claro que ela tinha certo receio de gatos, então ele teve o cuidado de não se aproximar.

— Vem, Satoru…

Encorajado pela tia, Satoru também entrou, com a mala pendurada no ombro.

Hachi foi em sua direção para roçar seus joelhos como cumprimento de boas-vindas, mas travou no degrau que descia para a entrada. Aquele era mesmo Satoru? O rosto do menino era um vazio totalmente inexpressivo. Naquele espaço onde Hachi estava acostumado a ver um desfile de diversas expressões, havia agora apenas os olhos abertos e a boca fechada.

— Veste esta roupa, tá?

A tia entregou a Satoru uma sacola de papel. Ele estendeu a mão e a recebeu com um movimento desajeitado. Parecia uma máquina mal lubrificada, quase dava para ouvir as articulações rangendo ao se mover.

Satoru foi para seu quarto e depois de um instante Hachi o seguiu. Sentia medo do menino, com aquela cara que não parecia dele. Mas se havia acontecido algo para deixar Satoru com uma cara assim, Hachi não poderia abandoná-lo.

A roupa dentro da sacola de papel era um terno, como o que o pai usava todo dia.

Com exceção da camisa, tudo era preto — o paletó, a calça e a gravata. A sacola continha até mesmo uma meia preta.

Satoru despiu o moletom colorido e vestiu a camisa branca bem passada. Depois colocou a calça, o paletó e prendeu a gravata, que fechava com um botão.

Por último, substituiu sua meia vermelha e listrada pelo novo par preto, jogou a meia sobre o moletom que acabara de tirar e, de repente, se agitou.

Acertou um pontapé no moletom colorido. O par de meias listradas voou longe.

Assustado por esse movimento tão brusco, Hachi correu e se escondeu debaixo da cama. Normalmente, se acontecia de Satoru lhe dar um susto assim, logo vinha pedir desculpas e consolá-lo, mas nesse dia o menino nem olhou em sua direção. Só continuou a pisotear seu casaco com a mesma expressão vazia. Sem fazer barulho algum, mas maltratando a roupa com violência, como se aquele moletom colorido fosse culpado por tudo.

Alguém bateu à porta.

— Satoru, você está pronto?

Ao ouvir a voz da tia, Satoru parou imediatamente de pisotear o moletom e saiu do quarto como se nada tivesse acontecido.

A tia também tinha se trocado, agora vestia preto da cabeça aos pés.

— Venha, vamos ver seu pai e sua mãe.

Satoru assentiu com um movimento seco de cabeça e se deixou levar pela tia. Hachi o seguiu discretamente.

O menino já estava calçando o sapato na entrada quando parou e voltou correndo para dentro, como se tivesse esquecido de pegar alguma coisa. Primeiro foi para a cozinha, onde empilhou uma montanha de ração no prato de Hachi e trocou a água da tigela. Depois seguiu para o banheiro, limpou a areia de Hachi e completou com um pouco de areia limpa.

Mesmo sem expressão, mesmo pisoteando seu casaco em silêncio, Satoru continuava sendo Satoru. Hachi esfregou a cabeça contra o seu joelho. Ele não disse nada e seu rosto não se alterou, mas afagou um pouquinho a cabeça do gato.

Hachi esperou na porta até Satoru e a tia saírem. Não sabia aonde iam, mas tinha entendido que era algum lugar muito triste.

Satoru tinha esquecido de deixar uma luz acesa, então com o tempo a casa ficou toda escura. Hachi comeu ração e bebeu água no escuro, e depois disso restava apenas dormir para passar o tempo.

Quando a tia trouxe Satoru de volta para casa, já era de madrugada.

Hachi foi encontrá-los na porta e o menino parecia estar com medo, no escuro. Só depois que a tia passou na frente dele e acendeu a luz da entrada foi que Satoru descalçou o sapato e entrou em casa.

A tia foi acendendo as luzes do corredor, da sala, da cozinha. Satoru avançou conforme cada cômodo se iluminava. Na cozinha, viu que ainda restava metade da ração e só trocou a água.

Satoru e a tia tomaram banho um depois do outro, depois foram se deitar sem comer nada, Satoru em seu quarto, a tia em um futon que estendeu na sala.

Hachi seguiu Satoru até o quarto, onde o moletom pisoteado continuava em um canto.

O menino se deitou, mas ao subir na cama e deitar ao lado do travesseiro dele Hachi notou que seus olhos estavam totalmente abertos. Eram como buracos vazios, com os quais encarava a pequena lâmpada da luminária.

Satoru afastou um pouco o travesseiro para dar espaço ao gato, como sempre fazia, mas muito tempo se passou sem que Hachi o escutasse ressonar. A certa altura, acabou adormecendo antes, então não sabia dizer quando foi que Satoru finalmente cerrou aqueles olhos tão abertos.

O dia seguinte amanheceu muito ensolarado. Os raios vigorosos do sol penetravam pelas frestas da cortina.

Mais uma vez, Satoru e a tia saíram vestidos de preto. O menino encheu bem o prato de ração e deixou acesa apenas a luz da sala.

Hachi pensou que ficariam fora até tarde da noite, como na véspera, mas nesse dia foi diferente. Pouco depois do pôr do sol, escutou um som intenso vindo da rua, como o brado de um animal selvagem. Esse grito extraordinário veio se aproximando pouco a pouco e ecoou ainda mais alto ao passar pelas escadas do prédio.

A voz estava vindo em direção àquela casa. Hachi foi esperar na entrada.

Ko-chan abriu a porta e entrou sustentando Satoru, que chorava em uivos.

Apoiado no amigo e soltando esse som selvagem, Satoru cambaleou até a sala, onde sentou, largando todo o corpo, como se não tivesse mais forças.

Ko-chan parecia não saber mais o que fazer depois de trazê-lo até em casa. Só ficou ao seu lado, aflito.

Tudo bem, você já fez sua parte, bastava trazer ele até aqui.

Hachi subiu nos joelhos do menino. Depois de algum tempo, Satoru pousou a mão no seu rosto. O gato a lambeu com muita, muita delicadeza.

Tá tudo bem, tá tudo bem, tá tudo bem.

Eu estou aqui com você, estou aqui com você.

Hachi continuou assim, resoluto, lambendo a mão de Satoru, e aos poucos os uivos foram diminuindo, exaustos.

O pai e a mãe voltaram para casa dentro de duas pequenas urnas brancas.

Satoru ia se mudar de casa e ficar sob a guarda da tia.

— Mas o Hachi vai com você, não vai? — perguntou Ko-chan, que viera visitar o amigo, no tom de quem faz uma prece. Se Hachi fosse junto, mesmo que fosse para outro lugar, Satoru não estaria só. Ficaria um pouco menos triste.

— Não dá pra ele ir. Minha tia é transferida toda hora.

Satoru já tinha se resignado, só parecia triste por refutar a prece do amigo.

— O que vai acontecer com o Hachi?

— Tem um parente que pode ficar com ele.

— É alguém que você conhece bem?

Satoru fez que não com a cabeça. Ko-chan mordeu o lábio, indignado.

— Eu... eu vou pedir lá em casa pra ficar com ele! — Ko-chan gritou, e foi embora.

Mas no começo da noite reapareceu com o rosto inchado de chorar.

— O papai não deixou...

As pálpebras inchadas de Ko-chan provavam que ele lutara bravamente.

— Tudo bem — respondeu Satoru, sorrindo com os olhos cheios de lágrimas. — Fiquei feliz por você tentar.

Chorando, os dois afagaram Hachi. Ele se deixou afagar até que os meninos se acalmassem.

Hachi sempre acreditara que continuaria naquela casa, vendo Satoru e Ko-chan crescerem juntos. Há muita coisa no mundo que foge ao controle das crianças e dos gatos.

E assim, certo dia um tio distante veio buscar Hachi. Tinha um rosto de traços fortes, queimado de sol, e quando sorria seus olhos desapareciam em meio às rugas.

O tio afagou com gosto a cabeça de Satoru, que estava na sala abraçado a Hachi.

— Fica tranquilo, lá em casa todo mundo adora gato. A gente vai mimar ele um monte.

O rosto do menino se iluminou. Era a primeira vez, desde que o pai e a mãe foram parar nas urnas, que uma expressão assim surgia em seu rosto.

— Dá uma vida boa pra ele, tá?

— Deixa comigo!

Ainda assim, ao se despedir de Hachi, Satoru chorou como se seus olhos tivessem se quebrado.

— Por que será que não dá pra ele ficar com a Noriko, hein? — perguntou o tio, com pena. Mas animais de estimação eram proibidos onde ela morava. — Você tem que se despedir sorrindo, se não o Hachi vai ficar preocupado!

Ouvindo isso, Satoru sorriu em meio às lágrimas. Forçou os cantos dos lábios para cima enquanto soluçava, resultando numa careta esquisita.

— Fica bem, Hachi!

Essa cena, de Satoru acenando sem parar, acabou sendo a última imagem que Hachi teve dele.

Na casa desse tio, aonde Hachi chegou depois de balançar dentro da caixa de transporte por três horas, moravam quatro crianças.

O menino mais velho já era mais alto até do que o tio de Satoru. Depois disso, havia uma menina, um menino e mais outro, numa escadinha. O menor de todos parecia ter a mesma idade de Satoru.

Talvez por essa semelhança, o primeiro nome que ele aprendeu foi o do caçula, que se chamava Tsutomu. No rosto desse menino, assim como no de Satoru, as expressões mudavam sem parar. Ele não nadava, mas jogava beisebol.

Todos os dias, Tsutomu brigava com os irmãos e irmã mais velhos. Sendo o menor, nunca ganhava deles, nem na força nem na argumentação. Então uma das ocupações diárias de Hachi era fazer companhia para esse menino quando ele chorava baixinho, lambendo sua mão ou seus joelhos. Todo dia Tsutomu perdia alguma briga, então todo dia acabava choramingando.

— Engraçado, geralmente os gatos se apegam mais a quem dá comida pra eles...

O tio e a tia ficaram intrigados.

— É que o Tsutomu é tão fracote que o gato ficou com dó! — riu a irmã mais velha, que sempre batia boca com Tsutomu até ele chorar.

— Não amola! — O menino chutou as costas da irmã, que saiu correndo atrás dele.

— Seu moleque!

Hachi não conseguia entender por que Tsutomu provocava os irmãos, se no fim sempre ia acabar chorando.

— O Hachi não gosta muito de ir lá fora, né?

Essa era outra questão que deixava a tia perplexa.

— Quando estou limpando a casa abro todas as janelas, mas o máximo que ele faz é ir até o quintal. Podia aproveitar que estamos no térreo para dar uma volta...

— Ele deve ter sido criado só dentro de casa... — sugeriu o tio.

— Puxa, que maldade! — exclamou a tia, franzindo a testa.

— Não é maldade — opinou o filho mais velho. — Hoje em dia cada vez mais gente deixa os gatos dentro de casa, por medo de acidentes ou coisa assim.

O segundo filho concordou:

— Até o Milk, aqui em casa, foi acidente de carro.

Milk foi o primeiro gato que tiveram naquela casa. Quem deu o nome foi a filha, e parece que os meninos não gostaram, acharam meigo demais.

— Além disso, o Hachi é meio lerdo. Talvez seja melhor mesmo ele não sair de casa — acrescentou a irmã, cutucando a bochecha do gato.

— Para com isso! — interveio Tsutomu. — O Hachi não é lerdo, ele só é sossegado.

Esse comentário trouxe à mente de Hachi a voz de outro menino da mesma idade: *Imagina, ele é só um cara sossegado.*

Quem falava assim, escolhendo palavras gentis para não chamá-lo de devagar, era Satoru. Hachi ergueu o rosto. Outro menino, com a mesma expressão carinhosa, afagou atrás de suas orelhas.

Ah... Entendi.

A partir de agora, é o crescimento do Tsutomu que eu devo acompanha nesta casa.

Satoru e Tsutomu tinham a mesma idade. Falavam da mesma maneira gentil. Quando Tsutomu ficar grande, Satoru estará do mesmo tamanho.

Num movimento natural, a imagem de Satoru se uniu à de Tsutomu e foi englobada por ela.

Hachi, até então aflito por ter abandonado Satoru, enfim conseguiu relaxar na nova casa. Recebendo um carinho de Tsutomu no queixo, ronronou com gosto pela primeira vez desde que chegara ali.

Depois que passou o inverno, quando as cerejeiras estavam floridas, Tsutomu começou a frequentar uma escola nova, usando um uniforme de colarinho fechado.

Ele continuava jogando beisebol. E a natação? Quando será que tinha parado? Bom, não era de admirar — devia ser difícil praticar os dois esportes ao mesmo tempo. E aqueles troféus dourados deviam estar guardados em algum lugar.

Todos os dias Tsutomu se exercitava bastante e comia um monte. Começou a espichar a olhos vistos. Aquele tempo que passou crescendo lentamente, aumentando só um tantinho a cada ano, parecia uma ilusão. Na primavera seguinte, quando foi para o segundo ano da escola nova, já estava dez centímetros maior.

Os treinos de beisebol eram sempre ao ar livre, então sua pele parecia cozida no shoyu, de tão queimada de sol. A tia não se cansava de rir, dizendo que quando estava na contraluz o rosto dele ficava tão escuro que nem dava para enxergar os olhos e o nariz. O tio também ria:

— Eu não esperava que esse menino fosse ficar ainda mais queimado que eu!

O rosto de Tsutomu continuava expressivo, sempre mudando. E ele ainda brigava sem parar com os irmãos mais velhos. Mas, a certa altura, as brigas com a irmã passaram a ser só um bate-boca. Tsutomu não tinha chances contra ela, cuja língua ficava cada vez mais afiada. Claro que ele não chorava mais, porém às vezes acontecia de seus olhos se encherem de lágrimas. Bastaria uma bofetada dele para a situação mudar totalmente de figura, mas Tsutomu não levantava mais a mão contra a irmã. Hachi se lembrava muito bem do dia em que ele parou de fazer isso.

Num momento de fúria, ele havia partido para cima dela e a empurrado com tanta força que, ao cair, ela rasgara o papel da porta de correr.

A irmã se levantou num instante e revidou munida de uma arma. Mas Tsutomu estava tão chocado que ficou parado, apanhando com uma marreta de plástico. Também aceitou sem revidar quando ela encerrou com uma frase de efeito:

— Hoje eu vou deixar só por isso, hein!

A irmã ficou com um hematoma grande na coxa, mas Tsutomu parecia ter se machucado mais do que ela, de tão abatido.

— Bom, é que ela é uma menina, apesar de tudo... — argumentou o irmão mais velho.

— Mas só falando eu não tenho chance contra ela.

— É a vida... Não dá pra ganhar de mulher.

O filho mais velho, quando entrava numa discussão com a irmã, também terminava gritando apenas "cala a boca!" e fugindo.

— Que nada, dá pra ganhar, sim! É uma questão de estratégia psicológica. — declarou o outro irmão num tom professoral. — Tem que mirar nos pontos fracos do oponente. Os dela são aqueles pés gigantes e o peito chapado.

A irmã mais velha tinha pés grandes para a sua altura, calçava 38. Insistia que era 37, mas se o sapato fosse estreito não entrava. Sabendo que ela era insegura sobre isso, sempre que esse irmão do meio brigava com ela, ele fazia questão de falar do seu "pezão de idiota".

— Sabia que outro dia eu calcei seu tênis sem querer? Olha que bom, você pode dividir seus sapatos com o namorado!

— Cala a boca, só serviu porque seus pezinhos são mirrados!

— Os meus são normais, você é que tem esse pezão de idiota gigante! E não tem o que se salve, porque seu peito, por outro lado, parece a planície de Tsukushi!

— Hunf! Eu tenho físico de modelo, tá?

— Ai, não fala isso que eu vou ter um treco de tanto rir!

Para Tsutomu, esses conselhos não ajudavam muito. Ele era incapaz de soltar essas sequências de tiradas.

Mas Hachi gostava muito de Tsutomu e de sua cara de choro depois de ouvir poucas e boas da irmã. Também gostava do tio e da tia, dos irmãos maiores e da irmã, mas Tsutomu era o seu preferido.

Se Hachi enroscava as pernas quanto tentava correr, Tsutomu só dizia que ele era um sujeito sossegado. Quando se viu frente a frente com um rato pela primeira vez e não conseguiu reagir, Tsutomu disse que mesmo que não pegasse nenhum rato ele era o gato preferido da família.

E quando aquele outro menino mexia a varetinha rápido demais, Tsutomu sempre falava para ele fazer mais devagar. Aquele menino, o... como ele chamava mesmo? O amigo do Tsutomu que vinha visitá-lo todos os dias num passado muito, muito distante. Quando Hachi era filhote. Quando foi que ele parou de vir?

Para os gatos, o tempo passa muito rápido. As coisas de quando ele era filhote já pareciam muito distantes, como se tivessem sido em outra vida.

Ele não conseguia lembrar o nome do menino. Não-sei-o-quê-chan. Também devia estar crescendo bem em algum lugar. Afinal, se Tsutomu já estava desse tamanho...

Que todos eles, todos, tivessem saúde. Que fossem felizes.

Chegou mais uma primavera, e o irmão maior de todos saiu de casa. Tinha entrado na universidade e ia viver na cidade grande.

A casa se aquietou um pouco. Em parte pela partida do mais velho, mas também porque as brigas entre os irmãos estavam diminuindo. Mesmo entre Tsutomu e o irmão do meio elas passaram a ser só desentendimentos ocasionais.

Tsutomu espichou mais ainda. É que todo dia ele se exercitava nos treinos de beisebol e todo dia comia pratos enormes. As calças do uniforme já estavam na canela, mesmo depois que soltaram a barra, então ele começou a usar os uniformes deixados pelo irmão mais velho. Reclamou que o tecido estava desbotado, mas a tia disse que não valia a pena comprar outros para usar só mais um ano.

No campeonato de beisebol no verão, o time de Tsutomu foi até as quartas de final e ele voltou da última partida chorando de frustração.

— Mas vocês foram tão bem, chegaram nas quartas! — consolou a mãe.

— É mesmo, e no ensino médio você pode tentar de novo — acrescentou a irmã.

— Não me amola! — ele gritou, num surto de raiva. Esse era o último campeonato em que ele poderia jogar com o time de agora.

— Credo, eu estava só tentando te consolar! — esbravejou a irmã, jogando uma almofada nele.

Hachi foi se esfregar no joelho de Tsutomu. Ei, acho que isso que você fez agora não foi muito bacana...

Fazer carinho no gato pareceu acalmar o menino, que em seguida foi pedir desculpas à irmã.

— Bom, eu achei incrível vocês terem chegado até as quartas, de verdade... — declarou a mãe, e pediu um sushi comemorativo para o jantar.

Além do sushi, tinha frango frito e salada de batata. As comidas preferidas de Tsutomu desde pequeno.

Foi igualzinho ao dia em que ele ganhou o campeonato de natação. Mas, pelo visto, já não era tão fã do sushi de omelete. Quase só comeu atum. Se Hachi pedisse, puxando a sua manga, Tsutomu tirava o wasabi com cuidado e lhe dava o peixe, depois comia apenas o arroz avinagrado.

— Você vai continuar jogando beisebol no ensino médio? — perguntou o tio.

Tsutomu assentiu com a cabeça.

— Ué, você não disse que se não fosse jogar com seus amigos de agora não teria graça? — Pelo jeito, a irmã continuava magoada com a patada que levara ao tentar ser legal.

— Não sou mais criança. Além disso, vários caras do meu time vão pra mesma escola que eu.

— Ah, eu sabia! Tinha que ser com seus amiguinhos...

— Cala a boca! Tomara que você fique gorda! — disse ele, rogando uma praga na irmã justamente na hora em que ela ia morder um pedaço de frango frito.

— Nem precisa rogar praga, que gorda ela já é — emendou o irmão.

— Olha que eu ponho limão em tudo, hein? — ameaçou a irmã, pegando a garrafinha de suco de limão.

Os meninos, que não gostavam de coisas azedas, se agitaram para impedir que ela colocasse no frango.

— Parem com isso! — ralhou a tia, e os três se calaram emburrados.

Ai, ai. Os corpos tinham crescido, mas por dentro eles continuavam crianças. Quanto será que os humanos têm de crescer para ficarem adultos?

Hachi já mal se lembrava da sua infância.

Quem foi que declarou que seu nome era Hachi e esfregou o rosto no dele? Tsutomu? Foi Tsutomu, também, que o encontrou em uma caixa de papelão e o levou para casa? Não, espera. Hachi havia chegado naquela casa trazido pelo tio, dentro de uma caixa de plástico com grade. Mas então de onde vinha a lembrança de estar dentro da caixa de papelão? Ele se lembrava de sacudir lá dentro por tanto tempo que até ficou zonzo.

Por que tinham sacudido a caixa daquele jeito? Alguém não deixou Hachi ficar numa casa, então fingiram que estavam fugindo, não deu certo e no fim virou uma briga só...

Não deu nada certo esse seu plano, seu tonto!

Ué, mas você não quer ficar com o gato?

Em vez desse drama todo, você não pode simplesmente pedir para ficar com ele na sua casa?

Hum… Quem era esse, acusado de fazer um plano ruim?

Era o Tsutomu? Tsutomu joga beisebol. Quando ele parou a natação? A natação… Ele só queria continuar se fosse com o amigo, aquele Não-sei-o-quê-chan, e se não fosse com ele…

— Hachi, quer mais atum? — A irmã mais velha balançou um pedaço de peixe na ponta dos palitinhos.

Bom, me oferecendo assim, não vou fazer desfeita…

Hachi se esticou todo para cheirar o peixe, que balançava lá no alto. Tão alto que, ao tentar pegar, ele desequilibrou e caiu de bunda.

— Hahaha, olha como ele é desajeitado!

— Ele é só um gato sossegado, eu já disse. Não faz assim, é maldade!

Irritado, Tsutomu tomou o peixe dos hashis da irmã e o colocou na palma da mão para Hachi comer.

— Mas eu acho bonitinho esse jeito lerdo dele!

— Que mulher horrível, né, Hachi?

Tsutomu trocava a expressão "lerdo" por palavras mais gentis. Hachi sempre preferiu ser chamado de sossegado.

— Tá gostoso?

Hachi lambeu até o último resquício de atum na palma da mão do menino.

O tempo passa diferente para os gatos e as pessoas. É bem mais rápido para os gatos. Hachi se perguntou quando será que tinha percebido isso.

Apesar de Tsutomu crescer sem parar, pelo jeito ainda faltava um tanto para ser adulto. Antes de virar adulto ele ainda tinha que superar uma grande provação chamada exame de admissão do ensino médio, em função da qual passou o outono e o inverno mergulhado nos livros.

Nas festas de Ano-Novo, apareceu em casa um homem barbudo feito um urso. Chegou falando alto e já veio logo querendo pegar Hachi no colo:

— E aí, Hachi, como você tá?

O gato hesitou.

— O que é que foi, já esqueceu de mim, é? Eu até vim visitar vocês nas férias de verão!

— Ah, no verão você só ficou uma semana, o cerebrozinho de gato dele já esqueceu. E, pra piorar, agora me aparece com uma barba dessas...

Espiando a conversa entre o recém-chegado e a tia, Hachi finalmente se deu conta de que aquele era o irmão mais velho, então foi se esfregar no joelho dele para fazer as pazes. Desculpa, eu devia ter percebido antes!

O homem logo recuperou o bom humor e pegou o gato no colo. Mas quando esfregou o rosto no dele, Hachi fugiu correndo, pinicado pela barba.

Tsutomu continuou mergulhado nos livros durante as festas de Ano-Novo e passou na prova do ensino médio. Quando a cerejeira do quintal floresceu, ele trocou o uniforme de gola alta que usava até então por um blazer.

Logo entrou para o clube de beisebol do colégio novo e passou a voltar para casa coberto de lama. Os treinos eram bem puxados, pelo jeito aquela escola era forte nesse esporte.

A cerejeira perdeu as flores, se cobriu de folhas e então chegou a época das taturanas, que despencavam dos galhos sem parar. Como acontecia todo ano, a tia e a filha começaram a falar sobre derrubar a árvore. Elas odiavam taturanas.

— Não digam uma coisa dessas, é a flor símbolo da nação!

Ano após ano, o tio dizia isso para acalmar as mulheres da casa.

Às vezes Tsutomu entrava em casa com uma taturana pousada no ombro, o que fazia a mãe e a irmã começarem a berrar.

Certo dia, um desses animais conseguiu entrar sozinho, não se sabe como, e ficou passeando pelo corredor. Hachi sabia que as mulheres fariam um escândalo se o encontrassem, então decidiu expulsar o bicho com um tapa.

De repente, em uma das almofadinhas de sua pata sentiu uma dor ardida como uma queimadura. Soltou um grito, e o primeiro a chegar para ver o que estava acontecendo foi Tsutomu.

— O que foi, Hachi?

Ele pareceu entender assim que viu a situação.

— Ih, a taturana te queimou?

— Ai, credo, uma taturana da cerejeira? Aquilo queima?! — saiu gritando a irmã.

— A maioria não, mas às vezes aparece uma que queima — disse o irmão do meio.

— Socorro, tira ela daqui, tira daqui!

Enquanto o irmão do meio colocava a taturana para fora, Tsutomu passou um antisséptico na pata de Hachi.

— Será que eu devia passar remédio pra picada também? — ele perguntou à mãe.

— Acho melhor não — respondeu ela —, ele pode lamber. Se inchar, amanhã a gente leva no veterinário.

O irmão que fora se livrar da taturana voltou e afagou a cabeça do gato:

— Seu bobo, foi dar patada justamente numa que queima...

— Acho que ele se animou por ter achado um bicho ainda mais lerdo que ele!

As palavras cruéis da irmã deixaram Hachi injuriado. Tsutomu fechou a cara:

— Não fala assim! Ele devia estar tentando tirar a lagarta daqui porque sabe que vocês não gostam delas!

Tsutomu sempre entendia tudo. A irmã se sentiu culpada e depois foi dar um petisco para Hachi, como pedido de desculpas.

A pata ardeu por mais um tempo, mas sarou sem que ele precisasse ir ao veterinário.

Foi na época em que as taturanas estavam desaparecendo. Certa noite, o telefone tocou e quem atendeu foi o tio, que vinha saindo do banho.

— Opa, há quanto tempo! Como você está? E a Noriko, tá boa?

Conversou animado, só de cueca, indiferente à cara de reprovação de sua filha.

— Ah, mas é claro! Venha, sim, o Hachi está te esperando.

Depois que desligou, a tia perguntou quem era.

— O Satoru! Sabe? O que manda cartão todo fim de ano.

As orelhas de Hachi se ergueram de imediato.

O nome ressurgiu dentro dele como uma corrente elétrica. *Satoru*.

— Ah, o da Noriko?

— Isso!

— Com quem o Hachi morava? — Tsutomu entrou na conversa. — Ele tem a minha idade, não tem?

— Isso. Ele disse que vai trabalhar durante o verão pra juntar dinheiro e vir visitar o Hachi.

— Onde ele tá morando agora? A tia Noriko se muda muito por causa do trabalho, não é?

— Parece que agora estão morando em Yamanashi.

— Uau, e ele vai arranjar um trabalho só pra vir visitar um gato? Esse aí é gateiro de carteirinha, hein.

Satoru. Satoru. Satoru. Satoru.

— Nos postais de Ano-Novo ele sempre pergunta do Hachi. Acho que era muito apegado.

— Se é assim, ele podia ter pedido antes, a Noriko trazia ele.

— É que ela trabalha muito, e já teve que ficar com a guarda dele... O Satoru deve achar difícil ficar pedindo mais coisas.

Fica bem, Hachi, dissera Satoru, acenando em despedida e forçando um sorriso em meio aos soluços.

— Quando o Satoru vier, recebe ele bem, tá, Tsutomu?

— Claro. Se ele gostava tanto do Hachi, deve ser um cara legal.

Quem disse pela primeira vez que Hachi era sossegado não foi Tsutomu.

Havia mais de um menino que fazia questão de usar palavras mais gentis do que "lerdo".

As memórias de Hachi foram voltando, vívidas, até o momento em que Satoru e Tsutomu haviam se sobreposto.

Com certeza, Satoru também estava grande e cheio de saúde, com pernas e braços compridos como Tsutomu.

Estavam dizendo que Satoru viria nas férias de verão.

Quando será que essas férias iam começar? Os dias ficavam cada vez mais longos, as sombras cada vez mais marcadas.

Também era a época em que o rosto de Tsutomu ficava ainda mais moreno.

Com esse calor todo, as férias de verão deviam estar perto, não?

Bem que Satoru podia vir logo... Ele e Tsutomu com certeza iam se dar bem.

Ele esperou e esperou, até uma hora que não aguentou mais.

Quem sabe Satoru tinha tentado vir e se perdido? Depois que essa ideia passou pela sua cabeça, Hachi começou a sair ao cair da tarde, após o sol baixar, para dar uma olhada nos arredores.

Nunca tinha ido além do jardim, então era importante não se exceder. Começou só dando uma volta ao redor da casa, depois foi expandindo o perímetro devagar.

— Vocês sabiam que o Hachi tem saído para passear? — anunciou a mãe no jantar.

Tsutomu fez cara feia.

— Será que ele não vai se perder?

Hachi estufou o peito, orgulhoso. É justamente para evitar esse tipo de coisa que estou aumentando as caminhadas com cuidado!

— Que tal a gente colocar uma coleira com o nome dele, para garantir? — sugeriu a irmã.

No dia seguinte, ela já trouxe uma.

— Será que ele vai achar ruim?

Se Hachi se esforçasse, conseguiria arrancar aquela coleira, que a menina colocou bem temerosa. Mas tirá-la daria mais trabalho do que ficar com ela, então deixou por isso mesmo.

— Viu? No fim das contas esse gato deixa a gente fazer o que quiser... — disse o irmão do meio, rindo.

Hachi estava se habituando a andar na rua, mas como ainda não tinha encontrado Satoru resolveu expandir um pouco mais a área dos passeios.

Ali perto havia uma rua um pouco maior, que ele nunca tinha cruzado. Mas sempre havia um monte de gente atravessando, vindo do lado oposto. Se Satoru viesse, certamente chegaria por ali.

Hachi observou por muito tempo e entendeu que se atravessasse no pedaço listrado de branco e na mesma hora que as pessoas, não teria perigo.

De fato, atravessou várias vezes assim, sem maiores problemas.

Nesse dia, como sempre, estava esperando alguém atravessar, para poder ir junto. De repente, um moço disparou, correndo pelas listras brancas. Hachi correu atrás dele, preocupado em não ficar para trás, e então ouviu o som estridente de uma freada.

O jovem levou um susto e acelerou o passo. Já Hachi ficou paralisado.

Bam! Um impacto violento o arremessou para longe e, quando deu por si, estava cuspindo sangue. Sentia uma dor insuportável no peito.

— Aaaah! O gato! — berrou alguém.

— Hachi!!

Um vulto se aproximou gritando e tomou Hachi nos braços.

Seu rosto estava escuro, não dava para ver direito. Ou por estar contra a luz, ou porque a visão de Hachi estava turva. E agora? Ele não sabia se aquele menino era Satoru ou Tsutomu.

Mas tudo bem, podia ser qualquer um dos dois.

Satoru ou Tsutomu, para Hachi não fazia diferença. Ele amava os dois meninos do mesmo jeito.

O plano era achar a casa pelo endereço, mas o tio disse que alguém viria buscá-lo na estação.

Quando passou pela catraca onde haviam combinado de se encontrar, uma pessoa muito queimada de sol, naquela idade indefinida entre menino e homem jovem, se aproximou.

— Satoru Miyawaki?

— Sim.

— Muito prazer, eu sou o Tsutomu.

Satoru descobriu que Tsutomu tinha a mesma idade que ele. Isso significava — percebeu com certo atraso — que ele também estava nessa idade em que era difícil dizer se a pessoa era um menino ou um adulto.

— Sinto muito… Você planejou tudo para vir até aqui e… aconteceu uma coisa dessas.

— Não se preocupe, não foi culpa de vocês.

Pouco antes da data marcada para a visita de Satoru, Hachi havia morrido em um acidente de trânsito.

Tsutomu levou o primo até sua casa, onde o tio e a tia o receberam, agradecendo muito por ele ter ido até lá.

— Peço desculpas por ter acontecido uma coisa dessas.

Satoru deixou escapar um sorriso ao ver o tio falar exatamente a mesma frase que seu filho.

— Eu tinha prometido que a gente ia dar uma vida boa pra ele…

— Acho que ele teve uma vida boa aqui com vocês.

Havia uma foto de Hachi na sala, com oferendas, como se fosse um altar *butsudan* para uma pessoa falecida. E várias fotos dos gatos que viveram lá antes estavam espalhadas pelas paredes. Acolhido numa casa como essa, sem dúvida Hachi tinha sido feliz até o último momento.

— E o túmulo dele?

— Como aqui não tem esse negócio chique de cemitério pra bicho, a gente fez o túmulo numa montanha, mais pro interior. Tsutomu vai te levar lá amanhã.

Tsutomu concordou com a cabeça.

— É só meia hora daqui, de trem.

— Obrigado.

De noite a irmã e o irmão do meio chegaram, e o jantar foi um verdadeiro banquete.

Todos participaram, contando histórias sobre Hachi.

— Eu achava tão bonitinho o jeito meio lerdo dele! — disse a irmã.

Tsutomu protestou:

— Ele não era lerdo, era um gato manso e sossegado!

Um sorriso brotou nos lábios de Satoru.

— É verdade. Era mesmo um gato manso e sossegado.

Tsutomu também sorriu, sentindo que compartilhavam algo nessa expressão. Satoru foi se deitar logo depois do banho, e no dia seguinte saíram para visitar o túmulo assim que terminaram o café da manhã.

Foram sacudindo num trem comum, e depois dos trinta minutos que Tsutomu mencionara estavam cercados de montanhas. A estação onde desembarcaram era em frente a plantações.

O primo foi seguindo em direção à montanha, caminhando pela estradinha rural.

— De carro seria mais fácil, mas meu pai tá trabalhando...

Conforme subiam a encosta suave, naturalmente começaram a falar sobre Hachi. Depois de perguntarem um ao outro sobre as escolas e os clubes que frequentavam, esse era o único assunto que tinham em comum.

— Um dia apareceu um rato lá em casa, ele levou um susto tão grande que caiu de bunda!

— Jura? Bom, consigo imaginar...

— Ele era muito tranquilo, né? Por isso achei que essa coisa do acidente também foi meio a cara dele... Deve ter se assustado com os carros.

— Ah, não! — Tsutomu fechou a cara, contrariado. — Eu cheguei lá logo em seguida, foi bem na hora em que eu estava voltando do treino. Uma moça tinha visto tudo e me contou… Ele tentou atravessar junto com um cara que furou o sinal vermelho. O Hachi era um gato cuidadoso, esperto. Com certeza pensou que não teria perigo atravessar junto com uma pessoa.

Tsutomu olhava para a frente, sério, se esforçando para não chorar.

— Se não fosse esse idiota, com certeza o Hachi não teria corrido pra rua. Queria achar o sujeito e quebrar a cara dele.

— Se você achar, me chama.

O primo o olhou surpreso:

— Você não tem cara de ser muito bom de briga.

— Não sou mesmo. Então primeiro você quebra a cara dele, depois eu acerto uma pra completar.

Tsutomu riu, depois se apressou a esconder o rosto e secou os olhos com o braço, fingindo que estava enxugando suor.

No topo da colina se abria uma planície ensolarada. Tsutomu guiou Satoru até um canto dessa campina, onde estava espalhada uma porção de blocos de granito, um dos quais era novinho.

— Já que não dá pra comprar uma lápide e tal, a gente pega uns pedaços que sobram na pedreira de um conhecido do meu pai….

— Ficou ótimo. É um lugar gostoso, ensolarado.

Satoru espalhou diante do túmulo de Hachi a ração que trouxera e acrescentou à oferenda um petisco de peito de frango com queijo. Como tinha trazido bastante ração, também ofereceu um pouco para os gatos anteriores.

— Com os meus pais também foi acidente de carro…

Tsutomu assentiu com a cabeça, calado. Pelo jeito, já sabia daquela história.

— Fui a uma viagem da escola e quando voltei eles tinham morrido.

Tsutomu assentiu mais uma vez.

— Na viagem eu tinha comprado pro meu pai, de suvenir, um amuleto de proteção no trânsito…

Tsutomu não conseguiu mais assentir, só deixou a cabeça pender em silêncio.

— Desses.

Satoru tirou um amuleto da bolsa. Era em forma de chaveiro, com um gato tipo *maneki neko*.

— Você guardou todo esse tempo?

— Não, o que eu comprei daquela vez coloquei no caixão, foi cremado com ele. Mas antes de vir pra cá eu passei por Quioto, aonde fui naquela viagem, e procurei outro. Não sei se é exatamente igual, mas é parecido.

Era um chaveiro bem comum. Do tipo que as crianças gostam, justo o que um menino escolheria. Essas coisas não mudam, entra ano e sai ano.

— Você não acha que esse gato lembra o Hachi?

Tsutomu examinou o amuleto e concordou. Bem que Satoru tinha desconfiado que esse primo, que também falava que Hachi era um gato sossegado, ia entender.

— Foi por isso que eu comprei. Mas no fim não deu tempo de entregar pro meu pai.

Tanta coisa passou pela sua cabeça naquela época… Ficou bravo consigo mesmo, sentindo-se um idiota por ter comprado um amuleto que não serviu para nada. Pensou que talvez os pais tinham sofrido o acidente justamente por essa sua decisão idiota de comprar um amuleto vagabundo, que mais parecia um brinquedo.

— Mas quando eu soube do acidente do Hachi...

Satoru conteve o nó que subia pela garganta e continuou:

— Pensei que talvez eu devesse ter dado um amuleto pra ele.

Agora era tarde demais. Satoru sabia disso. Mesmo assim gostaria de ter dado um amuleto para Hachi. Pensou que Tsutomu, sabendo que Hachi era um gato tão tranquilo, entenderia seu desejo.

— Será que você pode ficar com ele?

Tsutomu piscou várias vezes.

— Acho que o Hachi ia ficar feliz se ficasse com você.

Foi tarde demais para o seu pai. Tarde demais para o Hachi. Se Tsutomu ficasse com o amuleto, Satoru poderia finalmente sentir que, nesse caso, havia chegado a tempo.

— Tá bom.

Tsutomu guardou o amuleto no bolso de trás.

— Vamos? Se a gente perder o trem da volta, vai demorar um bocado até o próximo.

— Pera aí, só mais uma vez.

Satoru juntou as mãos uma última vez diante do túmulo de Hachi.

Conto com você, Hachi.

Depois de começar a andar, teve a impressão de ouvir um miado vindo de algum lugar. Olhou para Tsutomu.

— Deve ser o Hachi — murmurou o primo.

— É mesmo — disse Satoru.

Descendo a encosta suave, os meninos foram se animando e, quando deram por si, estavam rindo alto.

Mais uma viagem

Um complemento aos *Relatos de um gato viajante*

Eu sou um gato. Meu nome é Nana.

Tentei imitar a abertura usada pelo gato mais famoso deste país no romance *Eu sou um gato*, mas não deu. Para gatos que já têm nome, essa introdução não funciona muito bem. Além do mais, ele fala num tom muito antiquado, hoje em dia nem os felinos idosos falam assim. Eu ainda sou um cara jovem, melhor desistir desse tom conservador.

Acrescento que se eu, um gato de masculinidade indiscutível, tenho um nome de menina feito Nana, não é por culpa minha.

Quem tomou a liberdade de me batizar assim, contra a minha vontade, foi meu dono, o Satoru. Um cara legal, mas um pouco sem noção. Ele escolheu esse nome pelo motivo pouco sutil de que meu rabo tem uma curva charmosa que, olhando de cima, lembra o número sete.

Satoru pode não ter muito talento para escolher nomes, mas como *roommate* de gato é um humano excelente. Assim como eu sou um gato excelente como *roommate* de humanos. Por cinco anos tivemos, juntos, uma vida agradabilíssima, mas certas circunstâncias nos forçaram a pôr um fim a essa convivência.

Por motivos incontornáveis, Satoru não poderá mais cuidar de mim. Assim que soube disso ele agiu com rapidez, fazendo de tudo para achar alguém que me adotasse. E agora está me levando para conhecer, uma por uma, as pessoas que se ofereceram para me acolher.

Para ser sincero, não há a menor necessidade de todo esse alvoroço. Quando Satoru me adotou, eu já era um gato adulto. Ou seja: até conhecê-lo, fui um gato de rua para ninguém botar defeito. Ainda que, desde então, eu tenha vivido como um gato doméstico, não perdi meu instinto selvagem. Se Satoru não puder mais morar comigo, é só eu voltar a viver nas ruas e pronto. Apesar disso, em vez de se preocupar consigo mesmo, ele só se preocupa com o meu destino. Onde já se viu me subestimar desse jeito?

Seja como for, o resultado é que Satoru está me levando para uma peregrinação pelas casas de seus amigos. É claro que, da minha parte, não tenho intenção alguma de fazer esses arranjos funcionarem. Garanti que nenhum dos três primeiros encontros desse certo.

Sempre viajamos na mesma van prateada. Quando as distâncias são longas, ele prepara perfeitamente o carro para mim, tem até caixa de areia.

Na minha opinião, esses encontros são inúteis, mas a parte de viajar de van até que não é ruim, então por enquanto o acompanho sem reclamar.

Graças a isso, já vi uma variedade de coisas que vão muito além do território em que um gato costuma circular. Visitamos duas cidades onde Satoru viveu quando era criança, uma vila de agricultores, plantações, arrozais, o mar e o monte Fuji. Como um gato da cidade, o normal seria eu conhecer nesta vida apenas as paisagens do bairro em que vivia.

Com certeza nenhum gato visitou tantos lugares deste país quanto eu. Nunca vou me esquecer de tudo o que vi junto com Satoru.

Um dia, partimos para nossa quarta viagem.

A van prateada seguia rumo a oeste. Saímos de Tóquio depois do almoço e durante a tarde seguíamos em direção ao sol que se punha no horizonte. O perfil de Satoru ao volante estava cor de laranja, tingido pelo poente. Mesmo baixando o visor do para-brisa, ele ainda parecia ofuscado, piscando sem parar.

Satoru lançou um olhar para mim, sentado como um pão de fôrma no banco do passageiro, e deu risada.

— Seus olhos viraram uma fresta, Nana.

Nós, felinos, somos equipados com a extraordinária capacidade de regular, de acordo com a luminosidade do ambiente, a quantidade de luz recebida pelos olhos. Em lugares mais claros nossas pupilas se estreitam e, quando está escuro, viram grandes círculos.

Naquele momento, as minhas deviam ser uma finíssima linha vertical.

— Tem um ditado que diz que os olhos dos homens devem ser estreitos como linhas, e os das mulheres, fartos como sinos. No seu caso isso já está garantido, né?

Pois é. Agitei os bigodes. As pupilas de Satoru nunca se estreitam, por mais luz que atinja seus olhos. Deve ser terrivelmente inconveniente. Nessas horas, é uma pena eu não poder trocar de olhos com ele. Afinal, para mim pouco importa se o sol está ofuscante ou não, sempre que eu quero posso me enrodilhar no banco e dormir.

— Falta pouco até Quioto — comentou Satoru, erguendo um pouco os olhos. Estava lendo as placas de trânsito da estrada.

— De trem-bala seriam só uns trinta minutos até Kobe...

Ele parecia cansado depois de dirigir a tarde toda.

— Vamos parar um pouco em Otsu?

Boa ideia. Eu já estava ficando com fome.

Pensando em usar o banheiro antes da parada, me levantei para pular para o banco de trás, onde estava minha caixa de areia. E foi então que eu vi: uma superfície gigantesca de água surgiu diante do carro, refletindo o brilho dourado do poente.

Hã?

Pus duas patas no painel e espichei o pescoço.

— Ficou curioso? — Satoru riu. — É o maior lago do Japão.

Puxa, então isso não é o mar? Por essa eu não esperava. Um negócio desse tamanho, e não é o mar?

— Quer ir ver?

Ah, imagina, não precisa. Lembro bem do mar, que de longe parecia bonito, soava romântico com seus frutos do mar e tudo mais, porém de perto era um filme de terror, cheio de ondas enormes e barulhentas.

— Hum, mas se a gente desviar aqui, vamos chegar atrasados...

Isso, isso. É sempre melhor seguir o que foi planejado.

No fim, Satoru parou para descansar em uma parada de serviço até o sol baixar um pouco mais, e seguimos em frente sem visitar lago nenhum.

A ração do jantar era simples, uma Premium Blend Felino Saúde Total sabor peixe, mas Satoru colocou flocos de peixe bonitos por cima, então acabei me excedendo e comendo demais, fiquei até estufado.

Quando os animais estão de barriga cheia, ficam sonolentos, é uma parte incontornável de nossa fisiologia. Me enrodilhei numa bolinha apertada no banco do passageiro e depois disso não lembro de mais nada. A certa altura Satoru acariciou minhas costas como quem está entediado, então pensei, meio dormindo, que devíamos estar presos no trânsito, mas isso foi tudo.

Acordei de repente, ao notar que o motor havia desligado, e ergui a cabeça. Satoru estava tirando o cinto de segurança. Será que já tínhamos chegado ao hotel daquela noite?

— Ah, acordou? Resolvi dar uma passada aqui.

Satoru esticou as mãos, me esperou arquear as costas numa espreguiçada, depois me pegou no colo. O ar fresco da noite me fez soltar um espirro quando saímos do carro.

O sol já havia desaparecido por completo e as grandes silhuetas negras das montanhas engoliam a escuridão.

— Olha lá.

Ainda no colo, olhei na direção que Satoru apontava, e — uau! — o sopé da montanha, abaixo de nós, estava todo coberto de luzinhas, como se tivessem derramado ali um sem-número de objetos reluzentes. Era como se só naquele pedaço ainda fosse dia.

Impressionante como os humanos transformam a noite em dia.

— Chamam essa vista de "paisagem de dez milhões de dólares".

De que adianta me falar desses valores que só fazem sentido para pessoas? E, para piorar, nessa moeda de fora? Diante dessa metáfora duplamente desinteressante, soltei um bocejo.

— Quanto será que dez milhões de dólares são na cotação atual...? Uns oitocentos milhões de ienes? — Satoru fez algumas contas de cabeça. — Acho que deve dar uns quatro milhões e oitocentos mil pacotes de Filezinho de Frango Maciez e Sabor.

Sem pensar, olhei para o rosto dele. Nossa, aí é coisa séria. Eu poderia comer um por dia e ia durar até eu morrer!

Puxa vida. Uma paisagem de quatro milhões e oitocentos mil filezinhos! Reavaliei o mar de luz que se abria aos nossos pés.

Bom, se tivesse que escolher, eu preferiria os filezinhos. Bocejei mais uma vez.

— O que foi, já cansou?

Podem valer o que for, mas luzes não passam disso, luzes.

O hotel foi escolhido por ser o único naquela região que permitia que animais de estimação ficassem no quarto com os donos. Realmente, pelo cheiro da recepção dava para ver que vários cachorros e gatos já haviam passado por ali.

Nós havíamos jantado na parada de serviço e agora íamos dormir, até porque já era bem tarde. O quarto era modesto, mas limpo e bastante confortável. Só deixava a desejar, na minha opinião, pela televisão, que não era de tubo.

Nesse aspecto, a pensão dos amigos do Satoru, onde ficamos num outro dia, era melhor. Mas imagino que, mesmo procurando no país inteiro, não existem muitas opções de hospedagem que façam questão de ter televisões de tubo só para os gatos. Só por aceitar hóspedes com animais esse hotel já estava de parabéns, ainda que eu não pudesse andar livremente pelas áreas comuns.

Enquanto eu circulava pelo quarto, inspecionando tudo, Satoru foi tomar banho. Pela porta fechada o escutei cantarolando, o som de sua voz ecoando com o dobro do volume, então provavelmente tinha enchido a banheira e estava relaxando. Assim que ele saiu, corri lá para dentro, pois, se ele tinha acabado de usar a banheira, com certeza ainda havia água na torneira.

Não sei explicar por quê, mas acontece que a água que resta na torneira fechada é muito mais gostosa do que a água servida no pote. Então, sempre que Satoru saía do banho eu corria para aproveitar essa oportunidade.

Ou seja, eu estava apenas seguindo um hábito já estabelecido. Mas, naquele dia, cometi um erro de cálculo gravíssimo.

— Não, Nana, não pode beber dessa água!

Ora essa! Bebo a água que eu quiser, é um direito inalienável dos gatos!

Driblei Satoru, que tentava me impedir, e pulei sobre a tampa da banheira, mas... o quê?!

Não tinha tampa nenhuma na banheira.

Sem ter tempo nem de gritar, dei um mergulho dramático na água ensaboada. O ralo estava destampado e boa parte da água do banho já havia escoado, mas o que restava ali era mais do que o suficiente para me encharcar.

— Banheira de hotel não tem tampa!

Satoru, você tem que falar esse tipo de coisa *antes*!

Tentei saltar para a beirada, mas com água o bastante para submergir era impossível pegar impulso. Claro que também não adiantava eu tentar me erguer para fora na força bruta, pois não conseguia fincar as garras na porcelana escorregadia.

Satoru chegou correndo, me encontrou nessa batalha árdua e me pescou para fora da banheira.

Uma vez no chão, dei uma boa sacudida no corpo para lançar o máximo possível de gotas para fora. Depois corri para longe dali e estava no quarto, me preparando para pentear os pelos, quando Satoru me alcançou mais uma vez, aflito.

— Não lambe essa água, está com sabão!

Ah, tá, e o que você espera que eu faça, encharcado desse jeito?

Ele me pegou e me carregou de volta para o banheiro. Me segurando com firmeza, fechou a porta.

Aquilo foi me dando uma premonição terrível…

— Já que é assim, vamos aproveitar para dar uma lavada, com só um pouquinho de xampu.

Nããããããããoooo!

Me debati e me contorci até escapar dos braços dele, mas a porta fechada era inabalável como um rochedo. Arranhei com todas as forças e nem uma fresta se abriu.

— Não adianta fugir.

Satoru ensaboou as mãos, me agarrou de supetão e, me colocando dentro da banheira já vazia, ensaboou meu corpo.

Maldito! Isso não vai ficar barato!

O pequeno banheiro do hotel terminou todinho molhado, e Satoru teve que ligar para a recepção e pedir para trazerem um roupão e uma toalha novos.

Eu estava sentado na toalha estendida, me penteando cuidadosamente, quando ele apareceu com o secador de cabelo. Olhei feio em sua direção e franzi o focinho. Se você vier com esse troço barulhento pra cima de mim, estará cruzando uma linha! Fico de mal de você até amanhã, hein? Está preparado?

Satoru tentou, timidamente, argumentar que se eu não me secasse bem poderia pegar um resfriado. Mas deve ter pressentido minha determinação, pois foi bem-comportado e guardou o secador.

Nessa hora, o celular dele começou a tocar uma melodia suave. Era aquela música, a que dava a impressão de que pombas brancas iam sair voando.

— Alô? Sim, chegamos agora há pouco! Obrigado por ligar.

Pelo que pude pegar da conversa, o interlocutor era a pessoa que eu iria conhecer no dia seguinte. Pelo que Satoru tinha me contado, esse homem fora seu professor na faculdade e agora dava aulas naquela cidade.

— Bom, então nos vemos amanhã à uma e pouco, como combinamos!

Depois de desligar, Satoru olhou para mim:

— Se der certo, vamos nos despedir amanhã... Não queria ter te deixado bravo justo na última noite.

Não se preocupe. Pode deixar que amanhã vou dar um jeito de estragar tudo mais uma vez.

Ajeitei meu pelo até ele estar quase seco e depois, com a língua cansada, escolhi uma poltrona como cama e me enrodilhei para dormir.

No meio da noite acordei gelado. Meu corpo devia ter esfriado com a umidade que restava nos pelos.

Pretendia continuar brigado com Satoru até o dia seguinte, mas não teve jeito. Desci da poltrona e fui até a cama onde ele dormia. Pulei em cima do travesseiro, farejei a ponta do edredom e ele, sem acordar, levantou uma beirada para eu entrar. Estava muito bem treinado.

Entrei embaixo do cobertor pelo buraco aberto e me esgueirei até os pés dele, onde fiz a volta e subi de volta em direção ao travesseiro para me deitar. Satoru, dormindo, afagou minha cabeça. Resmungou alguma coisa, então virei o rosto para olhá-lo. Estava murmurando meu nome. No escuro, vi uma lágrima surgir no canto do seu olho.

Ai, ai.

Por que fazer todo esse esforço para me dar para outra pessoa e aí ficar chorando por isso? Os humanos são criaturas cheias de incongruências.

Seria bom se eles fossem poliglotas como nós, pelo menos no *listening*. Aí eu poderia explicar direitinho que não havia a menor necessidade de procurar outro dono para mim. Bastava eu, que já fora um gato vadio com muito orgulho, retomar esse estilo de vida.

Espichei o pescoço e dei uma lambida do lado do seu olho. Estava salgado.

— Ai, Nana! — Satoru empurrou minha cabeça para longe.

Que ingratidão é essa, quando estão tentando te consolar?

A notícia de que, por circunstâncias incontornáveis, Satoru Miyawaki precisava se desfazer de seu gato e estava procurando com urgência um novo dono para ele chegara por meio de outros ex-participantes do seu antigo grupo de pesquisa. Aquilo fora mais de dez anos antes. Naquele tempo, Hisashi Kubota ainda era professor assistente em uma universidade de Tóquio e coordenava um grupo de estudos de indústrias regionais com alunos do departamento de economia.

Quem entrou em contato foi um casal de ex-alunos que participaram juntos do seu grupo de estudos e que, depois de formados, tinham se casado e aberto uma pousada em Kofu. Eles contaram que gostariam de adotar o gato, mas haviam sido obrigados a recusar, pois ele não se entendera com o cachorro que já criavam na pousada. O marido se lembrou que o professor gostava de animais, e eles resolveram pedir a Kubota que considerasse a adoção.

Ele vivia em um apartamento que aceitava animais e tinha uma cachorra chamada Lily, que crescera junto com um gato idoso e adorava felinos. Quando ela via algum gato durante os passeios, ia animadíssima para cima dele, só para sofrer rejeições cruéis e acabar amuada.

Kubota não tivera mais nenhum gato desde que aquele idoso falecera. Quem sabe se tivesse um em casa Lily pararia com essa mania de importunar gatos nos passeios.

No entanto... será que Satoru Miyawaki concordaria em lhe confiar um animal tão querido? Preocupado com isso, Kubota não quis entrar em contato diretamente com Satoru e continuou a conversa com o casal.

A resposta, porém, não veio por eles, mas pelo próprio Miyawaki. E numa ligação!

— Há quanto tempo, professor!

A mesma voz alegre e simpática de antigamente. Foi como se aquele desentendimento nunca tivesse acontecido. Por um instante Kubota foi tomado pela ilusão de que talvez no dia da formatura tivesse se despedido sorrindo de seu aluno, mas...

— Gostaria muito de ver o senhor novamente, pois na última vez nos despedimos daquele jeito...

Kubota voltou a si. Que pena, então eles realmente haviam se desentendido.

— Então, além da questão do Nana, esse encontro me deixaria muito feliz.

A voz de Miyawaki, evidentemente alegre com a ideia de vê-lo, não parecia esconder nada nas entrelinhas. Isso alegrou Kubota, mas foi também um pouco humilhante. Teve a sensação de estar perdendo de lavada daquele menino mais de duas décadas mais novo do que ele.

— Hã, claro, se um aluno meu está precisando de ajuda, não posso negar. Eu gosto de bichos e minha cachorra gosta de gatos... — respondeu, fingindo ser igualmente magnânimo.

Ao tentar achar uma data para o encontro, Kubota percebeu que seu fim de semana estava lotado. Miyawaki disse que poderia ser num dia útil, então marcaram na hora do almoço, num momento livre entre uma aula e outra.

— Como você vem? Se for de trem, posso ir te buscar na estação.

Miyawaki respondeu que iria de carro.

— Nana adora andar de carro, apesar de ser um gato. Se o senhor ficar com ele, leve-o para passear de vez em quando, por favor!

— Vou bastante a um parque que tem um cachorródromo, posso levá-lo também.

Depois de mais um pouco de conversa à toa, desligaram, e assim ficou combinado que Miyawaki iria visitá-lo.

Na noite anterior, depois de chegar da universidade, Kubota fez uma faxina no apartamento. Passou aspirador num intervalo menor do que o habitual. Em seguida, notando a poeira na mobília, usou o espanador. Sua esposa sempre ralhava com ele, dizendo que era preciso espanar *antes* de aspirar. Fazia tempo que não se lembrava disso. Mas considerou que ela o perdoaria, pois o simples fato de ter lhe ocorrido passar o espanador já era um sinal de dedicação.

Pensou em preparar um chá e servir algum doce para acompanhar, mas Miyawaki vinha na hora do almoço. Será que já teria almoçado? Uma hora da tarde era um horário complicado. Seria o caso de fazer esse convite, perguntar se o ex-aluno gostaria de almoçar? Talvez pudesse perguntar quando ele chegasse e, se não tivesse comido, pedir um sushi. Nesse caso, o próprio Kubota precisaria comer um almoço leve, deixando espaço para o caso de pedirem comida.

Quando acabaram as aulas da manhã, foi para o refeitório e, tentando achar um meio-termo, comeu um macarrão *udon* com tempurá. Mas não foi o bastante, então completou com um pacote com três *inarizushi*, tofu frito recheado com arroz. Tinha exagerado, pensou, olhando a barriga estufada.

Por outro lado, se Miyawaki já tivesse comido e acabassem não pedindo nada, talvez ficasse com fome.

Colocou Lily em seu cercadinho no quarto. Era melhor apresentá-la a Nana quando as coisas já estivessem mais tranquilas.

Então a campainha soou. No interfone, ouviu a mesma voz do telefone:

— Olá! É o Miyawaki.

Abriu a porta e encontrou o jovem com uma caixa de transporte de gatos. Tinha o mesmo físico magrelo dos tempos de estudante. O rosto sorridente e amigável também continuava igual.

— Opa, pode entrar!

Estava se perguntando se sua voz tinha soado esganiçada quando Miyawaki arregalou os olhos.

— Nossa, professor — exclamou ele. — O senhor está cheinho, hein!

Pego de surpresa, Kubota deixou escapar uma risada. É mesmo, Miyawaki sempre tinha sido assim. Apesar da simpatia, falava coisas bem indelicadas. O choque entre suas duas facetas produzia um efeito cômico nos colegas.

— Pois é, nesses dez anos engordei vinte quilos.

— Nossa, tudo isso? Melhor fazer uma dieta, pode ser ruim pra saúde.

— Morando sozinho eu acabo tendo preguiça de cozinhar e comendo muito fora... — respondeu ele enquanto convidava Miyawaki a entrar.

— Olha só, que arrumado! Não parece o apartamento de um homem da idade do senhor, morando sozinho.

— Ah, bem, hoje em dia a gente tem que saber pelo menos ajeitar a casa. E já faz bastante tempo que sou viúvo.

Kubota não deixou transparecer que havia limpado a casa correndo no dia anterior.

— E os seus filhos?

— Os dois foram para Tóquio estudar.

— Puxa, já estão grandes assim? Quantos anos eles têm agora?

— O mais velho se formou na faculdade este ano. A mais nova é caloura.

Enquanto apoiava a caixa com o gato no chão, Miyawaki soltou um suspiro sentimental.

— Naquele tempo, a diferença entre um universitário e um menino da escola fundamental parecia tão grande... Mas agora, como adulto, não é muita coisa.

Quando Miyawaki se formou, o filho mais velho de Kubota estava no sexto ano.

— Nós poderíamos ser colegas de trabalho! Inclusive este ano contrataram alguns recém-formados na minha empresa.

Pensando por esse lado, também não seria estranho Kubota ter um filho da idade de Miyawaki. Era só ter se casado um pouco mais cedo. Tratara-o de forma tão imatura, sendo que ele era apenas um menino!

Miyawaki abriu a caixa de transporte e espiou lá dentro. O gato chamado Nana não parecia ter a menor intenção de sair.

— Desculpe, ele sempre demora um pouco... — explicou o jovem, envergonhado, e chamou, olhando dentro da caixa — Ei, Nana!

— Não tem problema, vamos deixar ele quieto até a desconfiança passar. Ser arisco é uma prova de inteligência — disse Kubota.

O rosto de Miyawaki relaxou, ele ficou alegre com o elogio ao seu gato.

— Você já comeu?

— Sim, imaginei que o senhor teria comido na universidade.

— Encontrou algum restaurante que aceitasse gatos?

— Não, adiei um pouco o check-out e deixei Nana esperando no hotel enquanto almoçava. Depois viemos de carro para cá.

Miyawaki acrescentou que tinha estacionado o carro no estacionamento que Kubota indicara.

— Desculpa, aqui não tem vagas para visitantes...

Se alguém estacionava na rua diante do prédio, logo aparecia um fiscal de trânsito. Algum vizinho devia ficar de olho e fazer questão de chamar.

— Bom, senta, vou fazer um chá. Uma hora o Nana resolve sair.

Serviu junto com o chá os bolinhos doces *imagawayaki* que havia comprado a caminho de casa e Miyawaki se animou como uma criança:

— Uau, ainda estão quentinhos! Faz tempo que eu não como isso. Não sei por quê, mas me dá uma alegria quando tem dessas coisas, tipo *imagawayaki* ou *taiyaki*.

— Aqui na região esses são chamados de *kaiten yaki*.

Quando o professor exibiu um dos pequenos conhecimentos que havia adquirido após mudar de cidade, Miyawaki, gentil, reagiu com o adequado interesse:

— Puxa, é mesmo?

Kubota se lembrou de que, como aluno, tanto nas aulas quanto nas reuniões do laboratório, Miyawaki escutava com uma atenção incomum. Às vezes fazia alguma palhaçada para levantar o astral do grupo, mas estudava com afinco e seriedade. Por isso Kubota se afeiçoara ao jovem. Gostava tanto dele que chegava a questionar se não o tratava com favoritismo demais.

Como é possível que não tenha compreendido, sendo que prestava tanta atenção nesse aluno? Era óbvio que, para um menino atencioso como Miyawaki insistir tanto assim em um assunto, tinha de haver um bom motivo.

Como gostaria de poder calar a própria boca se fosse possível voltar no tempo…

A primeira vez que reparou naquele estudante chamado Satoru Miyawaki foi no curso de economia regional, matéria do ciclo básico. Certa vez, levado pelo assunto de uma aula, apresentou aos alunos um livro que trazia um caso de sucesso de *branding* na produção local de uma vila, uma obra muito interessante para refletir sobre a indústria rural.

Algum tempo depois, um menino veio falar com ele no final da aula.

— Li o livro que o senhor recomendou outro dia. Achei legal.

Kubota, que não tinha sugerido a leitura como atividade obrigatória, já nem lembrava de ter falado sobre isso.

— Olha só, você leu?

— É, achei na biblioteca aqui da universidade.

No começo pensou, maldosamente, que poderia ser um aluno com faltas demais caçando um jeito de aumentar a nota. Mas o menino só discorreu com entusiasmo sobre o conteúdo do livro e deu suas opiniões, sem sequer mencionar o próprio nome. Era uma turma grande, então Kubota não havia decorado quem eram todos os estudantes.

— Parecia mais um livro de aventura do que um relato de caso. O jeito que seguiam adiante e iam conseguindo superar as condições ruins, lembra um RPG!

— O que é RPG?

— É mesmo, esqueci que quem tem a idade do senhor não joga muito video game. São uns jogos tipo *Dragon Quest*, *Final Fantasy*...

Ah! Ele compreendeu do que se tratava.

— Meus filhos sempre pedem esses negócios de presente.

— Isso! Quando você consegue completar uma missão, aparece outra, aí a cada missão completada você vai ganhando pontos de experiência... Eu nunca tinha lido um livro assim, tipo documentário, mas achei bem emocionante.

Essa opinião, repleta de terminologia jovem, soou como uma novidade para Kubota.

— Bem, não dizem que a realidade é mais estranha que a ficção? Esse tipo de relato de casos de sucesso é particularmente divertido, a gente fica torcendo. É incrível como surgem possibilidades para o futuro quando várias pessoas proativas se reúnem.

— Tem razão, deixa a gente animado.

Estavam no meio dessa conversa quando soou o sinal indicando o fim do intervalo.

— Desculpe, me empolguei com a conversa! — O aluno se levantou afobado.

Sem pensar, Kubota o interrompeu:

— Qual é o seu nome e o seu curso?

— Meu nome é Miyawaki. Estou no segundo ano de economia.

Se não fosse questionado, o menino provavelmente teria ido embora sem dizer quem era. Pelo visto, só queria mesmo conversar com alguém que compartilhasse seu entusiasmo pelo livro.

Desde então, Kubota começou a emprestar livros de sua própria biblioteca para Miyawaki.

— Tem bastante coisa no laboratório também, passe lá para pegar algum quando quiser.

O responsável oficial por esse laboratório era outro professor, um economista famoso que estava sempre ocupado com participações na televisão, palestras ou outros compromissos fora do departamento, então quase nunca dava as caras na universidade. Por isso, na prática, quem coordenava o laboratório e dominava a maior parte das estantes era Kubota.

Miyawaki sempre escolhia obras das quais Kubota também gostava, e depois dava suas opiniões sobre elas sem timidez alguma. Seria legal ter um aluno assim no grupo de estudos do laboratório, pensou o professor. No ano seguinte, seu desejo se realizou.

Miyawaki pediu para entrar no grupo com dois amigos que havia convidado, um casal. A família da menina cultivava frutas em Yamanashi, e Miyawaki explicou, rindo, que a convencera a entrar dizendo que seria útil para a administração da empresa familiar. O outro menino parecia vir junto com ela, num combo. Esse tipo de coisa é bem comum entre os jovens.

Esse laboratório fazia muitas pesquisas de campo, e logo ao chegar Miyawaki já propôs um tema para a viagem daquele verão:

— A família da Sakita disse que podemos usar a fazenda de fruticultura deles para estudar.

Sakita era a menina que Miyawaki havia convidado. Parece que eles dois e Sugi, o outro menino recém-chegado, eram bons amigos desde o ensino médio.

O exercício que Miyawaki propôs foi dividir o grupo em duas equipes que venderiam as frutas na rua, e quem tivesse mais sucesso ganharia. O pomar forneceria as frutas para a venda em troca de ajuda como mão de obra. Aceitaram a proposta com prazer, pois seria ótimo garantir ajudantes de graça no pico da estação.

O pomar já tinha barracas estabelecidas nas redondezas, e concordaram em deixar os estudantes cuidarem delas no dia da competição. O clima de jogo os deixou mais animados que de costume, mas na hora de dividir as equipes as coisas se complicaram.

Tem que ser os do quarto ano contra os do terceiro, claro! Ah, não, aí o grupo do terceiro vai ficar em vantagem, com a filha dos fruticultores e os dois meninos que já trabalharam no pomar... É nada, os do quarto ano é que teriam vantagem, porque já tinham um ano a mais de experiência. Falando nisso, como ficam as notas do grupo que perder?

A discussão só se acalmou quando Kubota esclareceu que a nota seria definida por um trabalho escrito e não pela quantidade de frutas vendidas.

— Professor, mesmo que a nota dependa só do relatório, podia ter algum prêmio pra equipe que vender mais. Serve de motivação! — sugeriu um aluno mais saidinho do quarto ano.

— Hum, como o quê? Se for alguma coisa grande, vocês vão achar injusto...

— Ah, somos todos adultos, quem perder vai aceitar sem drama.

Para Kubota, o fato de terem tamanha expectativa sobre o poder de aquisição de um mero professor adjunto demonstrava justamente a falta de maturidade deles.

— Já sei — Miyawaki levantou a mão. — Que tal a gente combinar que a equipe vencedora pode tomar chope Premium no bar no último dia?

Essa marca de chope, não incluída nos pacotes de *open bar*, era muito cobiçada pelos alunos. Ao mesmo tempo, bancar um brinde com ela não chegava a ser um custo pesado para um professor. Miyawaki levava jeito para esse tipo de negociação.

Os outros estudantes se entusiasmaram com a ideia.

— Fechou, vai ter chope Premium pra quem ganhar!

Chegou a hora da viagem de campo e os produtos que o pomar ofereceu para o exercício foram pêssegos e uvas.

As equipes do quarto e do terceiro ano definiram suas estratégias. A primeira ia preparar amostras grátis e a segunda resolveu oferecer, por um preço bem menor, as frutas que estavam fora do padrão para venda, os chamados "produtos de segunda", que seriam descartados. As duas equipes fariam cartazes para atrair a atenção dos clientes, limitados a um por grupo.

Mas Kubota proibiu a equipe do terceiro ano de escrever no seu anúncio que os produtos estavam "uma bagatela". Também não permitiu nenhuma outra expressão que mencionasse o preço baixo. Os alunos, que achavam que já tinham garantido a vitória com a estratégia focada nos produtos descartados, protestaram. Mas sem essa limitação a diferença entre os produtos padrão e os promocionais ficaria grande demais.

No fim, a equipe do quarto ano escreveu "Venha experimentar nossos produtos" e a do terceiro anunciou "Produtos de segunda".

As equipes trabalharam nas barracas de manhã cedinho até o fim da tarde, e quem levou a taça foram os alunos do terceiro ano. A vitória pareceu se dever mais ao tipo de loja e à legibilidade do cartaz do que à diferença de preço. A expressão "Venha experimentar nossos produtos" era longa demais e difícil de ler numa banca na beira da estrada, com os clientes passando por ali de carro. As três palavras de "Produtos de segunda", em compensação, eram fáceis de ler e já faziam pensar num valor menor, atiçando o interesse dos clientes.

Se fossem barracas de feira ou pequenas lojas que tivessem como público-alvo transeuntes, talvez o resultado tivesse sido diferente. Amostras grátis têm um poder de atração maior quando o cliente está mais próximo do produto. Considerando tudo isso, havia bastante conteúdo para escreverem os relatórios do experimento.

No último dia da viagem de grupo, o pessoal da fazenda gentilmente preparou um banquete para os alunos.

— Muito obrigado por tudo que você faz pela minha menina! — O dono do pomar serviu o vinho local com tanta alegria a Kubota que o professor não conseguiu uma brecha para explicar que não costumava beber. — Pedi para um conhecido meu de uma vinícola aqui perto separar especialmente para vocês!

Assim ficava cada vez mais difícil recusar. Além disso, o vinho era muito gostoso, então, quando Kubota deu por si, havia passado da conta e estava embriagado.

Quem o tirou da mesa instantes antes de ele cair de bêbado foi Miyawaki.

— Venha, professor, os futons já estão arrumados.

A turma estava hospedada numa casinha separada, dentro do pomar. Assim que Kubota chegou ao quarto, desabou na cama.

— Obrigado, você me salvou de um vexame.

— Quem aguenta muito álcool não imagina como são as coisas para quem não aguenta... Eu também não sou muito forte, então estava preocupado com o senhor. Como aluno, sempre posso arranjar alguma desculpa para sair da mesa quando tentam me empurrar bebida, alguma providência para tomar, mas o senhor tem que ficar lá sentado...

Kubota já tinha reparado que quando o pessoal do grupo de estudos ia ao bar Miyawaki ficava sempre correndo de um lado para o outro, não parava quieto. Mas não sabia que era por esse motivo.

— O que eu preferia é que me deixassem em paz, porque mesmo sem beber eu me divirto...

Miyawaki era do tipo que se animava só com o clima do ambiente.

— O pai da Sakita é bom de copo?

— Sim, ele é bem forte. Sugi e eu sofríamos muito nas mãos dele quando estávamos na escola.

— Ei, espera um pouco, vocês eram menores de idade!

— Melhor não entrar nesse assunto. E, também, quem oferecia era o pai dela, então reclame com ele, por favor. — Miyawaki não perdeu a compostura ao esbarrar nessa questão delicada.

Aparentemente, o treinamento nos tempos de ensino médio fora efetivo para Sugi, mas não tivera grande resultado com Miyawaki.

— Mas quem mais aprendeu com o pai foi a própria Sakita — disse ele, rindo. — Por isso ela reclamou tanto desse plano de uma viagem de campo. Sabia que, sendo na casa dos pais, ia ter que ficar ajudando e não poderia beber tranquila.

— Ah, é mesmo? Então foi uma maldade com ela. Mas valeu a pena, o exercício foi bom. Graças à sua sugestão.

Levado pelo álcool, Kubota deixou escapar como estava feliz por Miyawaki ter se juntado ao grupo do seu laboratório.

— Achei que você ia acabar indo para outro laboratório.

Vários professores estavam de olho nesse aluno atento e agradável.

— Ah, eu decidi bem cedo que viria pra esse!

— Por quê?

— Gosto de conversar sobre livros com o senhor, e já na primeira vez que fui ao laboratório simpatizei com ele.

Kubota inclinou a cabeça, intrigado. O que poderia ter causado essa boa impressão?

— Na sua mesa não tem umas fotos de família? Eu gostei que também tinha fotos do seu gato e do seu cachorro.

— Ah, então você é gateiro?

O jovem piscou, surpreso. Pelo jeito, Kubota tinha acertado na mosca.

— É que você mencionou primeiro o gato.

Miyawaki riu e concordou.

— Gosto dos dois, mas se for para ter um em casa prefiro gatos. Tive um quando era criança.

— Como ele era?

Miyawaki respondeu alegre:

— Ele se chamava Hachi. Era um gato muito esperto e bonzinho. Tinha uma mancha na testa no formato do ideograma de oito, o corpo branco e o rabo preto em forma de gancho.

— Tinha o rabo dobrado, é? Isso dá sorte.

— Puxa, é mesmo?

Pelo visto, Miyawaki não conhecia essa superstição. Pensando bem, Kubota não sabia dizer onde tinha escutado isso.

— Dizem que esses gatos pescam a boa sorte com o gancho do rabo.

— Ah... — murmurou Miyawaki, quase num suspiro. Ele sorriu com os olhos derretidos. — Então os gatos com o rabo assim devem ser sempre felizes, né? Se trazem a felicidade pendurada no rabo.

— É, pela lógica eu diria que sim.

O menino concordou mais uma vez com seus olhos sonhadores.

— Sempre que eu via as fotos na sua mesa, torcia para que o meu gato também estivesse sendo criado assim, com carinho.

Miyawaki contou que quando era criança precisou se desfazer do gato, que foi adotado por parentes.

— Ah, se ele tinha o rabo torto, com certeza foi um gato feliz.

— Que bom!

Depois disso passaram um tempo conversando animados sobre o assunto e, talvez por isso, naquela noite Kubota sonhou com um gato igual ao que Miyawaki havia descrito.

Quando contou isso ao aluno no dia seguinte, os olhos dele brilharam.

— Jura?! E ele parecia contente?

— Hum... Não sei dizer, estava só dormindo num solzinho.

— Ah, se estava tomando sol, com certeza estava feliz! — exclamou Miyawaki, fechando a cara depois. — Mas esse Hachi é um desnaturado mesmo. Nunca vejo ele nos meus sonhos, e agora ele aparece assim no seu!

Kubota achou graça de ver o jovem realmente chateado.

— É verdade! Ele apareceu no seu sonho e não no meu!

— Engraçado ver você injuriado com uma coisa dessas.

Ouvindo a conversa dos dois, também não pude deixar de achar cômico. Ah, professor, Satoru é bem o tipo de pessoa que se chateia com uma coisa dessas.

Mas, pensando do ponto de vista do gato, aposto que o Hachi é que acharia injusto o Satoru não sonhar com ele.

— Falando nisso, o Nana também tem o rabo em forma de gancho, né? E as mesmas manchas...

Kubota olhou na direção de onde eu estava, no sofá. Eu acabei saindo da caixa para acompanhar a conversa, porque aquele homem falava para dentro, era difícil de escutar.

— Pois é! É igualzinho ao Hachi! Levei um baita susto na primeira vez que o vi. Só que o rabo é virado para o lado contrário. Olhando de cima, o rabo dele parece o número sete.

O meu rabo é um *lucky seven*, professor! Então posso afirmar com orgulho que eu trago ainda mais boa sorte do que o Hachi, viu?

— É mesmo? Então o encontro de vocês estava escrito!

Opa! Muito bem colocado. Será que o senhor poderia explicar isso para ele, por favor? Dizer que não se deve jogar fora, espontaneamente, um encontro fortuito trazido pelo meu rabo *lucky seven*?

— Ah, estava esquecendo! Comprei bolos também, você quer?

O professor já ia se levantando, mas Satoru o conteve às pressas, dizendo que já estava cheio.

— Mas você come muito pouco! Um moço jovem assim precisa de mais apetite.

Calma lá. Realmente, Satoru anda com pouco apetite, mas a quantidade de comida que você está empurrando para ele é meio excessiva, professor. Começou com o *imagawayaki*, depois foi um tal de biscoito *okaki* e *senbei*, depois uma fruta e pão de ló... Se Satoru aceitar tudo, vai sair daqui rolando. Se ele fosse sincero, nem teria aceitado o primeiro bolinho.

— Tem certeza? É de uma loja que as minhas alunas elogiam muito...

Satoru deve ter ficado com pena ao ver a decepção do professor, pois acabou aceitando um pedacinho.

Quando o anfitrião se ausentou, me aproximei de Satoru e subi em seu colo.

— Apareceu, hein, Nana? Será que você gostou da casa do professor Kubota?

Que nada, foi só porque estava difícil de escutar a conversa. Eu já sei que tem cachorro aqui nesta casa, então vai ser fácil. É só eu provocar ele, comprar uma briguinha, que esse plano já vai por água abaixo.

Observando o professor atabalhoado na cozinha, Satoru murmurou:

— Ele deve estar aflito por causa do que aconteceu...

Ah, bem que eu estava achando alguma coisa estranha.

Essa coisa de servir um lanche atrás do outro era porque o professor não conseguia lidar com o silêncio. Assim que surgia uma pausa na conversa, ele ficava agoniado e corria para a cozinha. O resultado era aquele ataque tempestuoso de comida.

Nem era preciso ser gato para perceber que, sabe-se lá por quê, ele se sentia inferior diante do Satoru.

— Pronto, pegue o que quiser! — disse o professor, trazendo uma caixa com seis tipos diferentes de sobremesa. Uma quantidade totalmente descabida para duas pessoas.

Satoru estremeceu um pouco, mas respirou aliviado ao ver que uma das opções na caixa era uma gelatina cor de laranja. Tinha encontrado algo que parecia possível de enfiar para dentro.

— Vou querer este, obrigado.

— Ah, disseram que esse aí é o especial do mês.

O professor colocou no próprio prato um Montblanc que, só de olhar, já parecia denso. Ele comia sem parar desde que chegaram, mas não dava sinais de estar cheio. Quem sabe, além da questão do complexo de inferioridade, ele simplesmente tivesse outra visão sobre a quantidade razoável de bolos para uma pessoa.

Me diverti observando Satoru comer sua gelatina em colheradinhas minúsculas, sabendo que quando acabasse o professor iria insistir para que aceitasse mais alguma coisa.

O desentendimento entre ele e Miyawaki, com quem Kubota se dava tão bem, foi uma questão pessoal. A esposa do professor descobriu um tumor maligno. Quando Miyawaki estava indo para o quarto ano da faculdade, receberam o prognóstico de que ela só viveria por mais um ano.

A princípio Kubota não pretendia contar para ninguém, mas, depois que ela foi internada e ele passou a frequentar o hospital todo dia, não conseguiu manter esse plano. Não tinha capacidade de gerenciamento suficiente para cuidar das crianças e dos bichos e lidar com todas as tarefas domésticas, indo e vindo do hospital, sem que os alunos percebessem que havia algo estranho. Além disso, como aquele era um grupo de estudos com muitos trabalhos de campo, tinha criado uma relação próxima com os alunos.

Quando abriu o jogo sobre o que estava acontecendo, os estudantes repensaram várias coisas na gestão do laboratório para diminuir a carga de Kubota.

Miyawaki foi quem mais o ajudou, e não apenas com as questões do laboratório. Também tomou a iniciativa de fazer compras no mercado para a casa de Kubota e chegou a cuidar de seus filhos quando o professor não conseguia uma babá.

Levava jeito com crianças, e os meninos logo se afeiçoaram a ele. Depois que Miyawaki começou a ficar com eles uma vez por semana, os filhos também passaram a participar, à sua maneira, dos cuidados com os bichos, que costumavam ser função de sua esposa. Pelo visto, o "tio Miyawaki" se divertia tanto lidando com os animais que as crianças também acabaram se animando. Tanto que, a certa altura, seu filho mais velho já era o responsável por passear com o cachorro. Saía assim que chegava da escola, enquanto ainda estava claro.

Se Kubota agradecia por tudo isso, Miyawaki apenas sorria e dizia que não era nada demais.

— Este ano minha única matéria é o grupo de estudos do laboratório. E também gosto de ver a Mimi e o John.

Ele já tinha um emprego alinhado para depois da formatura e, incrivelmente, havia obtido cedo todos os créditos necessários para concluir o curso. Nessas circunstâncias, era muito fácil abusar da boa vontade dele, o que Kubota acabou fazendo. Miyawaki sempre pedia notícias de sua esposa e aturou muitos lamentos.

Ela vinha mantendo uma condição estável, como um avião voando a baixa altitude. Mas depois da virada do ano seu estado piorou de repente. Os médicos declararam que ela dificilmente veria o florescer das cerejeiras na primavera que se aproximava.

Foi nessa época que Miyawaki marcou uma hora para conversar com Kubota e apareceu no laboratório, apesar de já ter entregado seu trabalho de conclusão de curso havia muito tempo. Tinha uma expressão grave.

— O que houve? — perguntou Kubota, preocupado com o horário, pois ainda queria ir ao hospital.

Com ar de quem havia tomado uma decisão difícil, o jovem pediu:

— Professor, por favor, conte aos seus filhos sobre a sua esposa.

Como é que é?!

Kubota não havia contado aos filhos que a mãe tinha uma doença terminal. O mais velho, um menino, ainda estava no sexto ano, e a menina era quatro anos mais nova que ele. Kubota não suportava a ideia de lançar sobre os dois o fato de que a mãe não sobreviveria. Estava disposto a carregar tudo sozinho até o fim para não causar sofrimento a seus filhos. Eles ficariam sabendo quando o momento chegasse. Não queria que todas as visitas que faziam à mãe fossem atormentadas pela tristeza de saber que não havia mais esperanças. Seu desejo era que, até o último instante, o tempo que passavam com ela fosse feliz.

— Isso não é da sua conta — ele despejou quase por reflexo.

— Mas, professor…!

Como ele se atrevia a falar desse jeito com alguém que estava passando por algo tão difícil? Logo Miyawaki! Justamente por se tratar daquele aluno, a raiva se apossou de Kubota. Até então, acreditava que aquele jovem era quem mais entendia como ele se sentia. E que justamente por isso ajudava sua família com tanto zelo.

— Não se meta nos meus assuntos privados!

Kubota disse isso como se não viesse contando com a ajuda de Miyawaki para tantas coisas privadas. Mais tarde, ao se lembrar dessa fala, ficava constrangido com o próprio egoísmo.

Mas o aluno parecia determinado a não aceitar um não como resposta.

— As crianças já sabem, professor — insistiu ele.

O sangue subiu à cabeça de Kubota. Não era possível…

— Não vá me dizer que você contou!

— Não, eu não falei nada. Mas elas sabem que a mãe não tem mais muito tempo.

Se estivesse escutando com calma, teria compreendido o que Miyawaki tentava lhe dizer. Mas, na hora, se encheu de desconfiança. Será que ele já não tinha contado, ainda que negasse? E mesmo que ainda não tivesse falado nada, o que garantia que ia conseguir continuar calado?

— Assim como o senhor ama sua esposa, as crianças também amam a mãe delas! Se ela vai embora, querem se despedir. Por favor, eu imploro, deixe seus filhos darem adeus para a mãe.

O jeito que ele falava, insinuando que Kubota não compreendia o sentimento de seus próprios filhos, o ofendeu ainda mais.

Aquele jovem nem tinha filhos, como se atrevia a dizer essas coisas, a agir como se fosse mais próximo dos meninos do que o pai deles?

— Como pai, o senhor precisa fazer o possível para que eles não tenham arrependimentos.

— Não se meta no que você não entende! Você não sabe como os pais se sentem!

Ah, se ele pudesse fazer o tempo voltar e apagar essas palavras... Quantas vezes desejou isso.

Mas Miyawaki não recuou nem um passo, ainda que aquela conversa fosse como esfregar sal nas suas feridas.

— Posso não saber como é ser pai, mas sei como é ser filho! Eu era criança, entendo melhor do que o senhor como seus filhos se sentem.

Como deve ter sido difícil para ele dizer essas palavras.

— Os filhos também desejam se despedir antes que seja tarde. Querem poder dizer "te amo" e "obrigado"!

Sua voz soou num lamento doloroso que quase derrubou Kubota. Mas, antes de desabar, ele se fechou inteiro.

— Não apareça mais na minha casa! Não chegue perto dos meus filhos. Também não precisa mais dar as caras no grupo de estudos.

O rosto de Miyawaki foi tomado pelo desespero. Como era possível alguém sofrer daquela maneira pela vida de outras pessoas? Atemorizado por aquela expressão de quem presenciava o fim do mundo, Kubota fugiu correndo do laboratório.

Essa foi a última vez que eles estiveram frente a frente até Miyawaki se formar.

De fato, Miyawaki não precisava mais dar as caras no grupo de estudos. Já havia entregado seu trabalho de conclusão de curso no final do ano anterior.

Estava bem-feito.

O jovem respeitou o pedido absurdo de Kubota e não foi mais ao laboratório. No começo, os outros alunos estranharam a ausência do colega sempre bem-humorado, que costumava aparecer a toda hora, mesmo sem motivo. Mas ele deu uma desculpa, disse que tinha um treinamento da empresa na qual iria trabalhar, coisa assim.

Intrigado com a fúria com que Miyawaki havia insistido para que explicasse a situação aos filhos, Kubota resolveu sondar Sugi, o colega mais próximo desse aluno.

— Miyawaki anda muito preocupado com meus filhos... Será que há algum motivo para ele se importar tanto assim com os meninos?

A expressão de Sugi demonstrou que ele sabia muito bem a que o professor se referia. Talvez tivesse escutado alguma coisa sobre a discussão.

— Miyawaki perdeu os pais em um acidente quando era criança. Que eu saiba, ele tinha a idade do filho mais velho do senhor quando isso aconteceu. Talvez por se identificar com seu filho, acabou dizendo algo inapropriado...

Pelo seu tom, dava para ver que, se o próprio Sugi não achasse inapropriado, pediria ao professor que fosse compreensivo com o amigo.

— Entendi. Obrigado — agradeceu Kubota, devastado.

Não se sentia tão mal desde que ouvira o prognóstico de sua esposa.

A lembrança das palavras que havia jogado na cara de Miyawaki o atormentava.

Você não sabe como os pais se sentem!

Como um jovem que havia perdido os pais ainda criança teria recebido essa acusação?

Por mais que desejasse, Miyawaki nunca saberia como seus pais se sentiam. Também não podia perguntar a eles de que forma agiriam em uma situação como aquela.

Eu era criança, entendo melhor do que o senhor como seus filhos se sentem. Tudo o que Miyawaki conhecia era o ponto de vista de um filho. Apenas sabia o que sente uma criança ao descobrir de repente que seus pais morreram.

Essa história desestabilizou Kubota. Será que ele devia contar? Ou não devia?

Depois de muita hesitação, quando o fim já estava bem próximo, ele finalmente contou, mas apenas ao seu filho mais velho.

A mamãe não vai viver mais muito tempo.

Seu filho chorou, mas não se abalou tanto. Talvez, conforme Miyawaki dissera, já desconfiasse disso.

Durante as visitas no hospital, já eram poucos os momentos em que sua esposa estava consciente. Nessas breves janelas, seu filho repetia: "Obrigado, mamãe", "Te amo, mamãe". Também garantiu, praticamente na marra, que sua irmãzinha fizesse o mesmo.

A mãe quase não conseguia mais falar, mas nesses momentos, quando conseguia ouvir o que diziam a seu redor, assentia com a cabeça.

Miyawaki havia dito que as crianças queriam poder dizer "obrigado" e "eu te amo" antes que fosse tarde. Ao ver seu filho escolher exatamente as mesmas palavras, Kubota chegou a considerar que o jovem tivesse de fato conversado com ele sobre a situação. Mas, observando a interação entre o menino e a mãe, pensou que não importava.

Sua esposa deu o último suspiro num dia gelado no fim de fevereiro.

— Papai, obrigado por me contar — disse seu filho depois do funeral.

Kubota não conteve as lágrimas.

Sentiu um peso sair de suas costas, sabendo que fizera o certo em contar. A filha ainda era pequena demais para compreender tudo o que estava acontecendo, mas pelo menos ele não havia roubado do filho a possibilidade da despedida.

Miyawaki, que sugerira que ele agisse assim, se formou um mês depois.

Kubota não participou da festa por estar de luto, mas foi à cerimônia de formatura.

Os alunos do grupo de estudos do laboratório vieram cumprimentá-lo no final. A conversa durou pouco tempo, ninguém sabia bem o que dizer ao professor enlutado. Miyawaki estava entre os colegas, mas Kubota acabou não falando com ele. Aproveitou que, naquela situação, não era estranho se manter calado. Tinha medo de interagir com o jovem depois de tê-lo magoado com palavras tão egoístas.

Ao ir embora, Miyawaki se despediu em silêncio, baixando a cabeça.

Kubota respondeu apenas com um aceno do olhar, e tudo terminou assim.

— No fim, contei ao meu filho que minha esposa não tinha mais muito tempo de vida.

Ao ouvir a confissão do professor, Satoru sorriu.

— É mesmo?

— Se você não tivesse me dito aquilo, eu não teria deixado meus filhos se despedirem direito da mãe. E apesar disso, eu... — Ele baixou a cabeça de repente. — Desculpa!

— Não fala assim, professor!

Satoru se levantou com um pulo, esquecendo que eu estava em seu colo. Opa, opa! Um gato mais desajeitado teria ido ao chão.

Quando o professor ergueu o rosto, Satoru se tranquilizou um pouco e voltou a se sentar.

— Eu é que me sinto culpado. Falei pensando só na minha experiência, sem considerar o que o senhor estava passando. E mesmo assim o senhor me deu ouvidos... — Satoru abaixou a cabeça. — Me perdoe.

O professor ficou pasmo ao ouvir isso.

— Nos últimos tempos, finalmente compreendi como o senhor e sua esposa se sentiram. Entendi o lado de quem precisa se despedir...

De quem só tem mais um ano de vida, não pode fazer nada sobre isso e se vê obrigado a dizer adeus.

— Então percebi que nessa posição eu também não gostaria que a despedida fosse um momento triste. Que numa hora dessas a gente quer ver as pessoas queridas sorrindo até o último momento.

No final das contas, tanto os adultos quanto as crianças priorizam o que é melhor para si. Uns querem dizer adeus enquanto é tempo, outros querem chegar até o fim sem despedidas dolorosas.

A fronteira entre adultos e crianças não é clara. As crianças que acreditam que essa fronteira existe são as que declaram, categoricamente, que adultos devem agir assim ou assado.

Então quando é que elas vão se tornar adultos tão exemplares, hein?

— No entanto, acabei limitando as opções que o senhor e sua esposa tinham...

Provavelmente, quando os humanos deixaram de agir por instinto e passaram a julgar as coisas pelos sentimentos, perderam a distinção entre adultos e crianças. E assim essas criaturas, às quais resta apenas tatear em busca da linha divisória e se debater pensando o que fariam em cada caso, só são capazes de se tornar o tipo de adulto em quem elas próprias confiariam.

Satoru era uma criança quando pressionou o professor baseado em seu próprio julgamento de como adultos deveriam agir. Por outro lado, há coisas nos humanos que só crianças são capazes de mover.

Nos animais, é tudo muito claro. Quem viveu mais tempo é mais esperto.

— Por isso fiquei feliz de encontrar o senhor hoje, não só para pedir que cuide do Nana, mas também para poder pedir desculpas.

O professor balançou a cabeça para lá e para cá, fitando o chão. Devia estar chorando discretamente, porque deu uma fungada.

Ele parou de oferecer um monte de comida por medo do silêncio. Se acomodou na cadeira e, olhando Satoru nos olhos, conversou sobre várias passagens dos tempos de faculdade. Riu bastante, com gosto.

Bom, tudo muito agradável, mas estava chegando a hora.

— O que você acha de apresentarmos o Nana à minha cachorra? — sugeriu o professor, se levantando.

— Qual é mesmo o nome dela?

— Lily! Pode ficar tranquilo, ela adora gatos.

Ele saiu da sala.

Antes que voltasse, a cachorra já apareceu. Mais precisamente, ela conseguiu driblá-lo e veio saltitando sala adentro.

Aaah, um gato! Um gato um gato um gato um gato vamos brincaaaar!

Correndo em nossa direção, nos píncaros de seu entusiasmo, vinha uma dogue alemã do tamanho de um bezerro.

Tá maluca? Olha o seu tamanho!

Até o Satoru se levantou com um pulo sem nem pensar, pronto para fugir, enquanto eu o escalei até o topo da sua cabeça na velocidade da luz. Arqueei as costas, arrepiei o rabo, usei todos os meus recursos para afugentar aquele animal gigante que tentava brincar comigo.

Satoru acabou esmagado no sofá, pressionado pela cachorra-bezerro.

Gatoooo!

O fim estava próximo, eu já era. Aquela dogue alemã podia ter a melhor das intenções, mas se tentasse brincar comigo com toda aquela delicadeza eu ia acabar com as tripas para fora.

Rosnei e dei uma unhada nela.

Caiiin!, ecoou o ganido.

Sai fora! Não rela! Desce daqui!

A cachorra finalmente recuou um passo, mas continuava procurando uma brecha para pular. *Pô, isso aí machucou, viu, foi sacanagem, mas eu não ligo, supera esse seu mau humor! Depois vamos brincar?* Seu rabo irrequieto dizia mais que mil palavras.

Quem ficaria bem-humorado numa situação dessas, sua idiota?!

— Puxa, o Nana não gosta de cães?

Não é questão de gostar ou não!

— Hum, acho que não é bem uma questão de não gostar…

Obrigado pela interpretação. Estou lutando bravamente para manter longe essa cachorra gigantesca, não dou conta também de discutir com o professor.

— É uma pena, mas parece que, do lado do Nana, isso não vai dar muito certo.

— Ah…

O professor acabou se conformando e levando Lily de volta para o quarto. Ela ainda o derrubou uma vez e tentou voltar para a sala, mas essa parte da história fica para depois.

— Foi uma pena não ter dado certo com o Nana, mas fiquei muito feliz de te ver.

— Eu também.

E assim, mestre e aluno trocaram um aperto de mão, superando por completo seu antigo desentendimento.

— Posso perguntar só uma coisa? — disse o professor, sem jeito, ao se despedir.

— Claro, o quê?

— Antes da minha esposa falecer, meu filho repetiu muitas vezes “obrigado” e “eu te amo”. Falou exatamente o que você me disse. Por acaso você tinha conversado com ele sobre a doença dela?

Satoru fez que não com a cabeça, sorrindo.

— É natural que ele tenha dito a mesma coisa. Se uma criança é amada, tudo o que ela pode fazer ao se despedir da mãe ou do pai é agradecer e dizer que ama eles…

O professor pareceu convencido.

— Ninguém mais tinha o direito de contar aos seus filhos. Por isso insisti daquele jeito.

— Entendi.

O professor assentiu várias vezes com a cabeça e por fim sorriu.

— Obrigado por ter discutido comigo.

Eu é que agradeço o senhor por dizer isso. Satoru pareceu ter ficado comovido, então dei um miado de agradecimento em seu nome de dentro da minha caixa.

Satoru deixou o apartamento do professor e foi caminhando pela rua pavimentada com pedras daquela cidade com ar de estrangeira. Era uma rua larga e agradável, com pouco movimento, talvez por ser mais distante das vias principais.

Resolvi caminhar um pouco também. A Lily tinha me deixado coberto de baba e minha caixinha estava fedendo a cachorro.

Cutuquei a tranca da caixa, Satoru perguntou se eu queria sair e abriu a porta. A sensação das pedras brancas nas patas era um pouco diferente da do asfalto onde eu costumava caminhar. Eram frias e ásperas, gostosas de pisar. Andar ali parecia fazer bem para a saúde.

Ouvi o barulho de uma câmera e me voltei. Satoru apontava o celular na minha direção. Ele examinou a foto que tinha acabado de tirar.

— Você está parecendo uma pintura, Nana. O que acha de voltar por um caminho um pouco mais longo?

Satoru continuou me fotografando o caminho todo. Fiz umas poses charmosas para agradá-lo.

Quando a catinga canina da caixinha já estava passando, chegamos ao estacionamento e entramos na van prateada.

Satoru mal deu partida e eu caí num sono profundo. Tinha sido muito exaustivo conter aquele cachorro-bezerro usando apenas minha força de vontade.

— Nana, vou parar um pouquinho.

A voz delicada de Satoru me despertou e eu sacudi a cabeça bocejando. Onde a gente tá? Espichei a cabeça para olhar pela janela e vi diante de nós uma imensidão de água.

— É o lago Biwa. Lembra que na vinda eu sugeri que a gente parasse pra ver?

Lembro, sim, e lembro também de dizer que não precisava!

— Vem, vamos lá.

Por que você faz questão de se aproximar desse cenário de terror, que nem quando fomos ver o mar? Eu não estava nem um pouco interessado, mas Satoru me pegou no colo e me tirou do carro.

Preparado para sentir o clamor das ondas ressoando na minha barriga, fui pego no contrapé. Nas margens do lago havia apenas marolas suaves indo e vindo, sem nenhum estrondo assustador. Assim como no mar, a água cobria toda a linha do horizonte, mas o lago parecia ser um negócio bem diferente.

Ah, então é mesmo um bom lugar para um passeio! Fui caminhando bem-disposto pela orla.

Havia outras pessoas aqui e ali, admirando o lago como nós. Uma delas, um senhor que olhava ao redor com uma câmera na mão, se alegrou ao ver Satoru.

— Com licença, poderia tirar uma foto nossa?

Pelo jeito, ele queria uma foto com a esposa, que o acompanhava, para registrar a visita.

Acontece muito de pedirem esse tipo de favor a Satoru. Ele deve ser uma pessoa fácil de abordar.

— Com prazer.

Pegando a câmera, ele espiou pelo visor.

— Se aproximem um pouco mais, por favor. Isso, assim ficou bonito! — O casal de senhores abriu o maior sorriso possível e Satoru tirou uma foto, depois repetiu o clique. — Mais uma, para garantir.

— Muito obrigado!

Quando vi que haviam terminado, me aproximei e a senhora soltou uma exclamação de surpresa.

— Ah! Esse gatinho é seu?

— É! Ele se chama Nana, por causa do rabo dobrado em forma de sete.

Toda vez, toda vez eu me pergunto: será mesmo necessário informar meu nome a qualquer transeunte que puxar conversa? Se alguém me dá atenção, Satoru já se entusiasma.

— Estão viajando juntos?

— Isso!

Então a senhora bateu palmas, como quem teve uma boa ideia.

— Não quer tirar uma foto com ele? Depois podemos enviar para você.

— Ótima ideia! — apoiou o senhor.

— Mesmo? — Satoru também se animou.

Ele me pegou no colo, todo alegre, e posou diante do lago.

O senhor clicou várias fotos, depois mostrou para Satoru na tela.

— Ficou bom assim?

— Puxa, muito obrigado! Que legal, hein, Nana! Olha como você ficou bonitinho!

Ih, entrou no modo gateiro.

Satoru deu seu endereço ao casal de idosos e se despediu deles. Pouco tempo depois de voltarmos para Tóquio, chegou a fotografia. O endereço estava escrito no envelope com umas letras que para mim pareciam só um bando de minhoquinhas retorcidas, mas que, segundo Satoru, eram uma caligrafia excepcional.

Ele me contou que o bilhete curto dizia: "Muito obrigado pela ajuda no outro dia. Fiquem bem".

Satoru examinou minuciosamente as três fotos do envelope, sorrindo.

— É a primeira vez que tiram uma foto nossa!

Como ele morava sozinho, ninguém nunca havia tirado uma foto de nós dois.

— Adorei!

Ele logo colocou uma das fotos em um porta-retratos. Passado algum tempo, deixamos esse apartamento, mas Satoru levou o porta-retratos para sua nova casa. E depois para o quarto de hospital para onde ele foi em seguida e no qual eu não podia entrar.

Mais tarde, quando Satoru não precisava mais dela, a foto voltou para mim.

Olhando essa imagem, vivi feliz pelo resto da minha vida, mas isso também é história para outra hora.

Ilha dos gatos

— Ryo, vamos pra ilha dos gatos?

Meu pai, um fotógrafo, lançou essa ideia inesperada no meio do jantar. Isso foi algum tempo depois de ele ter casado de novo e de termos nos mudado de Hokkaido para Okinawa.

A nova esposa de meu pai, Haruko, era uma mulher incrível, sorridente como o sol, mas eu ainda não a chamava de mãe, pois não conseguia esquecer a minha primeira mãe, de quem a morte havia me separado.

Pensando hoje, nem parece verdade que houve entre nós esse período tão desconfortável.

Naquela época, no esforço de nos aproximar, meu pai usava qualquer pretexto para um "passeio de família", eu já estava ficando cansado daquilo. Estava em uma idade delicada e também tinha minhas próprias questões. Quanto mais ele forçava a situação, mais difícil ficava para mim achar o momento de chamá-la de mãe.

Naquele dia, entretanto, a expressão "ilha dos gatos" chamou minha atenção. Parecia o tipo de convite que dá início a histórias mágicas.

— Que ilha dos gatos? — perguntei a Haruko.

Fiz a pergunta a ela, pois Haruko era agente de viagens.

Quis, na minha mente de criança, ser gentil e dar a ela a oportunidade de falar do que entendia. Mas foi em vão.

— É a ilha de Taketomi! Ela tá ficando popular entre os gateiros porque é lotada de gatos — interveio meu pai, que não era capaz de gentilezas sutis, nem as infantis nem as adultas.

Haruko e eu nos entreolhamos e deixamos escapar sorrisos.

Ele não tem jeito!

Não mesmo.

— E como a gente vai?

Dessa vez meus esforços geraram frutos, pois foi Haruko quem respondeu:

— Tem que pegar um avião de Naha para a ilha Ishigaki, e depois um barco. São uns dez minutos de balsa rápida.

— Ah, é bem perto.

As inúmeras ilhas de Okinawa, distantes entre si, são conectadas por pequenos aviões. Eu estava começando a me acostumar com essa noção de espaço da região, em que é comum pegar um voo curto para ir logo ao lado.

— Então você resolveu aceitar, Katsu? As fotos dos gatos?

Meu pai estendeu sua tigela vazia com um ar desanimado.

— É, não consegui recusar...

Ela o encarou um pouco surpresa enquanto servia mais uma porção.

— Expliquei que não sou fotógrafo de animais, mas eles disseram que não tem problema.

Ao perguntar sobre as fotos, fiquei sabendo que ele havia recebido um pedido de uma editora próxima. Estavam preparando uma edição especial sobre gatos para uma revista, com uma seção sobre turismo. Queriam recomendar a ilha de Taketomi, mas não tinham verba para enviar um de seus fotógrafos até Okinawa. Por isso resolveram pedir a ele, fotógrafo com quem já haviam trabalhado e que agora vivia na região.

Mais tarde, essa ilha ficou muito conhecida por seus gatos, mas naquela época era o tipo de coisa que só quem sabia, sabia. A tal editora estava bem informada.

— Ah, vai dar certo. Você gosta de bichos, não gosta?

Haruko ainda não conhecia meu pai tão bem assim.

— É, gosto, mas como trabalho... E com gatos eu não me dou tanto.

— Puxa, você não gosta deles?

Fui em socorro de meu pai, que não sabia como se explicar.

— Não é que ele não goste de gatos. Na maioria das vezes, são os gatos que não gostam dele.

Meu pai soltou um resmungo, pôs uma porção de *chanpurū* no arroz e levou-a à boca.

Em resumo, o problema era que ele queria tanto fazer sucesso com os gatos que acabava sendo um estorvo. Ia para cima deles com tudo e o resultado era que os animais sempre fugiam ou ficavam bravos.

— Com cachorros eu ainda me entendo...

Mesmo nesse caso, ele só se entendia com cães muito generosos ou muito maduros. Os tímidos ficavam apavorados e os mal-humorados rosnavam.

Uma vez, ao visitar a cidade de Nara, ele viu um filhote de veado e disparou atrás dele gritando "Bambi!!". Levou um belo chega pra lá dos pais do bichinho.

Pensei em contar essa história para Haruko, mas lembrei que tínhamos feito essa viagem com minha mãe, quando ela estava viva, e desisti. Em vez disso, fiz uma piada:

— Se fosse pra fotografar salamandras-gigantes, quem sabe você teria uma chance.

— Verdade, elas não parecem muito ágeis... — concordou ele, sério. Para um fotógrafo, era uma admissão de derrota.

— Para irmos todos, o melhor é um fim de semana ou feriado.

Haruko pousou os hashis e abriu sua agenda. Nos dias de folga, às vezes ela trabalhava como guia turística.

— Se não for neste fim de semana, mas no outro, consigo me liberar. E segunda-feira é feriado por causa do aniversário, então daria para passarmos duas noites e três dias.

O aniversário a que ela se referia era o da minha escola primária. É claro que isso não estava escrito no nosso calendário, então, até ela mencionar, eu tinha esquecido por completo do assunto.

Isso queria dizer que havia informações sobre a minha escola anotadas na agenda de Haruko. Essa ideia me deu uma sensação esquisita no peito. Elas estavam ali porque Haruko havia se tornado minha "mãe". Ela cozinhava para mim todo dia, lavava minha roupa e limpava a casa. Também era ela quem participava das reuniões da escola. Se fosse meu pai, ele voltava com anotações incompreensíveis, então essa divisão de tarefas fazia sentido.

Dia após dia, ela agia como minha mãe. Até quando eu a chamaria de Haruko?

Mas não tinha jeito, não haviam se passado nem dois anos da morte da minha mãe e eu ainda resistia a chamá-la de outra maneira. Haruko não reclamava, apenas sorria, bem-disposta. Eu me aproveitava da sua bondade e continuava chamando-a pelo nome.

— Beleza, então vamos daqui a duas semanas! — exclamou meu pai, e assim ficou decidida a data da viagem à ilha dos gatos.

No dia, fazia um tempo lindo.

Pegamos o primeiro voo daquela manhã no aeroporto de Naha para a ilha Ishigaki, e no aeroporto de Ishigaki pegamos um transfer de cerca de meia hora até o porto. Graças ao planejamento impecável de Haruko, apenas três horas depois de sair de casa já estávamos a bordo da balsa rápida, rumo à ilha dos gatos.

O mar de Okinawa tinha a cor turquesa de sempre, que parecia de mentira. Acho que o que mais me surpreendeu ao me mudar para Okinawa, mais do que as flores tropicais exuberantes ou o sol ofuscante, foram os portos espalhados por toda parte. Até nos menores portos pesqueiros, o mar era de um azul-brilhante, como se tivessem dissolvido tinta na água. Essa cor linda, que uma criança poderia ter pintado de brincadeira, se estendia desde o cais até o oceano profundo.

O porto de Ishigaki não era diferente. De lá até a ilha Taketomi, a balsa rápida cortou esse azul-turquesa irreal como uma pedrinha lançada na água. O percurso durou cerca de dez minutos.

Meu pai precisava registrar também as paisagens, então desde o cais já vinha buscando ângulos estratégicos para fotografar.

A balsa chegou ao ancoradouro da ilha de Taketomi e os passageiros desembarcaram alvoroçados. Micro-ônibus e vans das pousadas aguardavam na saída. É uma ilha pequena, com apenas 9,2 quilômetros de perímetro, então não havia táxis procurando clientes nem nada assim. Na verdade, nem sequer havia uma empresa de táxi na ilha.

Os passageiros entraram nos carros e foram embora, mas nós tínhamos que esperar meu pai terminar as fotos. Ele foi registrando tudo rapidamente — o ancoradouro, a sala de espera da balsa, a vista do porto.

— Não tem nenhum gato aqui... — comentei com Haruko enquanto esperávamos por ele em uma sombra.

Por enquanto, eu não tinha visto nenhum naquele porto simples. Eu estava um pouco decepcionado. Como aquele lugar era chamado de ilha dos gatos, eu havia imaginado uma recepção com uma multidão de felinos enfileirados desde o ancoradouro.

— Na vila e nas praias tem muitos. É que aqui no porto as pessoas estão sempre de passagem.

Gatos que morassem por ali provavelmente não ganhariam muita comida dos turistas.

Meu pai fotografou a balsa se enchendo de novos passageiros, partindo e se afastando do porto, e então mais uma van apareceu no ponto de ônibus.

Haruko acenou para o motorista.

— Eu pedi para ele vir um pouco mais tarde, para o Katsu poder registrar as coisas por aqui.

Ela calculara o tempo com precisão, como uma boa profissional. Antes de os dois se casarem, Haruko havia trabalhado várias vezes como guia para meu pai durante viagens a trabalho em Okinawa.

Do porto à vila, na parte central da ilha, foram dois ou três minutos de carro, rodando devagar. Não cruzamos com nenhum outro automóvel no caminho.

O asfalto chegou ao fim e a van entrou numa rua de areia branca. As ruas internas da vila não tinham pavimento, eram somente caminhos cobertos de areia branca serpenteando por entre as muretas de pedra que cercavam as casas. Como costumava ser em Okinawa, os telhados eram vermelhos e decorados com estátuas de leões *shisa*.

A van estacionou diante de uma casinha enfeitada com *shisas* particularmente bonachões.

— Ah, que ótimo, vamos ficar aqui?! — exclamou meu pai. — Este foi o lugar em que me hospedei na primeira vez em que Haruko trabalhou como minha guia.

— É uma pousada? Parece uma casa comum...

A construção era pequena demais para ser uma hospedaria, dava a impressão de acomodar no máximo uma família.

— Algumas pessoas que têm casas vazias aqui na ilha alugam para turistas — Haruko me explicou. — Dizem que a casa se mantém melhor se alguém usá-la às vezes. Para a gente, é como se fosse um chalé privado num hotel.

Um conhecido dela gerenciava esse negócio nas horas vagas.

Meu pai saiu do carro animado e foi ajudar o motorista a tirar as malas. Tínhamos muito mais coisas do que se esperaria para a viagem de três dias de uma família, por causa dos equipamentos fotográficos.

Haruko entrou no jardim gramado, enfiou a mão numa fresta do muro de pedra e tirou dali uma chave, presa a uma pequena tábua.

Eu me espantei com aquela forma tão analógica de pegar a chave da nossa hospedagem e ela deu risada:

— Quando a gente consegue combinar, me entregam a chave em mãos. Mas quando não dá, fazemos assim!

— E a ilha acha isso tipo... ok?

Assim, em relação à segurança pública...

— A ilha acha ok, sim.

Bom, realmente não dava para imaginar que alguém fosse se descambar até a ilha Taketomi só para roubar uma casa vazia.

Da porta já dava para ver toda a planta da casa. Eram três cômodos com piso de tatame, uma cozinha pequena e, para além da cozinha, devia ficar o ofurô. Nada mais. Era do tamanho exato para uma família.

Lembrei de repente que meu pai e Haruko já haviam se hospedado lá. Essa viagem, a primeira em que meu pai veio para Okinawa a trabalho, foi uns seis meses depois da morte da minha mãe.

Eu estava pensando nisso quando Haruko sussurrou no meu ouvido, sorrindo:

— Eu fiquei hospedada na casa de uns conhecidos meus.

— Ah... — murmurei em resposta, e fui ajudar meu pai, que estava trazendo as malas da porta para dentro. O carro já tinha ido embora.

— Da outra vez, você conseguiu tirar boas fotos dos gatos?

— Eles não eram o meu foco...

Segundo ele, na outra viagem ele precisava de fotos de paisagens para um guia turístico e os gatos apareceram só como um extra.

Havia três conjuntos de futon para dormirmos. Estavam macios, recém-saídos da secadora.

— Opa, vai ser a primeira vez que dormimos os três como uma família, com a criança no meio!

Esse era o problema do meu pai — ele sempre precisava falar esse tipo de coisa em voz alta. Aí eu ficava perdido, pensando se era o caso de fazer birra e me recusar a dormir desse jeito em respeito à minha falecida mãe. Bem que ele podia só ficar quieto e deixar as coisas acontecerem.

— Este quarto é voltado para o leste, bate um sol ótimo de manhã! Vai ser gostoso acordar aqui.

Com essas palavras, Haruko me oferecia uma desculpa: eu não precisava sacrificar um despertar agradável só para provar meu ponto.

— Tem comida na cozinha, vou preparar um almoço rapidinho.

A geladeira e os armários estavam repletos. Os donos da casa escolhiam o que deixar e os hóspedes podiam usar tudo. Com as toalhas de banho, itens de higiene, produtos para lavar roupa e limpar a casa, era a mesma coisa. Todos esses itens cotidianos tinham um ar íntimo, dando a sensação curiosa de estarmos hospedados na casa de um parente enquanto ele estava fora.

— Tá, enquanto isso vou alugar umas bicicletas.

Os turistas costumavam circular pela ilha ou a pé ou em bicicletas alugadas. Daria para pedir por telefone e eles traríam quantas quiséssemos, mas como a loja era perto meu pai resolveu fazer um passeio até lá.

— Não quer deixar sua câmera aqui? — perguntou Haruko quando ele ia saindo. — Vou fazer um *chanpurū* com macarrão *somen*, fica pronto num instante.

— Não se preocupe, eu volto rapidinho — disse meu pai, e partiu com a câmera pendurada no ombro.

— Bom, melhor considerarmos que ele vai demorar uma meia hora...

A previsão de Haruko ia na direção correta. E se fosse só meia hora, ainda estaríamos no lucro.

— Se quiser, pode ir dar uma volta também, Ryo-chan.

— Acho que vou tirar um cochilo...

Tínhamos acordado muito cedo e eu estava ficando com sono. Além disso, as espreguiçadeiras disponíveis no jardim da casa eram bem convidativas.

— Posso usar aquela cadeira lá fora?

— Claro.

Fui para o jardim, deitei em uma das espreguiçadeiras e no mesmo instante me levantei com um pulo. O sol, alto no céu, tinha acertado meus olhos em cheio. Testei várias combinações entre o local da cadeira e o ângulo do encosto até encontrar uma posição confortável.

Quando finalmente achei o jeito certo, reparei que alguém espiava pelo portão. Era uma velhinha de costas encurvadas. Pensei que devia ser alguém da vizinhança passando por ali, mas ela me encarava tão fixamente que fui ficando incomodado.

— Hum… A senhora precisa de alguma coisa?

Me levantei da cadeira e, ao me aproximar dela, tive um sobressalto, pois seu olho direito era de um branco leitoso. Ela percebeu a hesitação que tentei disfarçar e cobriu o olho, dizendo:

— Te deu aflição, foi? Desculpa.

— Não, tudo bem — respondi, mas a verdade é que eu tinha mesmo me assustado. Será que era aquele negócio de catarata?

— Sofri um acidente quando era criança.

Ah, então não tinha a ver com a idade. O olho direito parecia não enxergar nada, deve ter sido complicado viver assim desde a infância.

— Você é filho deles?

"Eles" eram meu pai e Haruko? Eu ia respondendo que sim, só para simplificar, mas ela comentou que os anos não batiam. Pelo jeito, ela conhecia os dois. Então resolvi explicar direito:

— É que meu pai casou de novo, sou enteado dela.

— Ah, entendi. Assim está explicado. Você é grande demais para ter nascido depois daquilo.

Então ela conhecia mesmo eles.

— A senhora conhece meu pai? — perguntei.

— Não diria que não conheço — foi sua resposta ambígua. — São felizes?

A pergunta súbita me desorientou, eu não soube o que dizer. Não entendi se ela estava falando de mim, do meu pai ou de Haruko.

— Haruko está cozinhando e meu pai foi alugar bicicletas.

Acabei dando essa resposta esquisita, que soou como se eu dissesse que papai foi para a roça e mamãe foi trabalhar. O nome de Haruko saiu primeiro porque ela estava em casa. Pensei que talvez a senhora quisesse falar com um deles.

Os olhos dela se estreitaram. Seu sorriso ficou tão escondido pelas rugas que demorei um pouco para perceber o que estava acontecendo.

— Que bom que estão felizes — disse ela, apesar de eu não ter falado nada sobre felicidade. — Fiquei um pouco preocupada com eles, sabe?

— A Haruko está em casa, quer que eu chame ela?

A senhora abanou a mão, dizendo que não precisava, e saiu andando. Eu só a acompanhei com o olhar, já que seria estranho tentar convencê-la a ficar.

Voltei para a cadeira que eu tinha ajeitado com tanto esforço e deitei. Logo em seguida, meu pai chegou.

— Ah, Ryo! Tá relaxando?

— Oi, pai. — Que timing… — Se tivesse chegado um pouquinho antes, teria encontrado uma conhecida sua.

— Uma conhecida?

— É, uma senhora.

Fiquei sem jeito de descrever o olho branco, então só disse que ela parecia ter um probleminha no olho. Mas ele pareceu não fazer ideia de quem era.

— Será que ela conhece a Haruko? — meu pai se perguntou, entrando em casa.

Eu também voltei para dentro.

— Ah, bem na hora! — disse Haruko, da cozinha. — Está quase pronto.

Senti o cheiro bom de óleo de gergelim usado no *somen chanpurū*.

— O Ryo disse que apareceu uma conhecida nossa, uma velhinha.

— Puxa, quem será? Velhinhas tem muitas aqui...

— Ela tinha a vista ruim — acrescentei, mas isso também não pareceu restringir muito as possibilidades.

— Conheço várias com vista ruim.

— Bom, se ela quiser, vem de novo. Deve morar aqui perto.

Haruko concordou e começou trazendo dois pratos de *chanpurū*, que deixou para mim e meu pai. Então eu, que estava chegando com o terceiro, o coloquei diante dela.

— Se você estava com uma mão livre, podia ter trazido os hashis! — reclamou meu pai, se levantando.

Quando ele voltou com três pares de hashis descartáveis em uma das mãos, Haruko riu:

— E você podia ter aproveitado a sua mão livre para trazer o chá! — E foi mais uma vez para a cozinha.

— Não tem uma bandeja? — perguntou meu pai, talvez para disfarçar que sua contribuição tinha sido apenas hashis descartáveis.

— A cozinha é bem completa, mas não encontrei nenhuma bandeja. Vou falar com o proprietário, será útil para os outros hóspedes também.

Mesmo preparado em outra cozinha, o *chanpurū*, com atum enlatado, cebola e cenoura, tinha o sabor familiar da comida de Haruko. Estava bem bom, mas meu pai comentou enquanto comia:

— Quando você for fazer *somen*, eu prefiro daquele lá, com cebolinha okinawana...

Naquela época, Haruko tinha inventado um refogado de bacon e cebolinha okinawana para misturar no macarrão. Era matador. *Somen*, espaguete, yakisoba, ficava uma delícia com tudo.

— É só você ir até Ishigaki comprar essa cebolinha que eu faço — devolveu Haruko, brincando.

Em Taketomi não havia supermercado, as pessoas tinham que ir até a ilha vizinha para fazer compras.

— A de atum também é gostosa! Para de reclamar e come.

Nessa conversa, eu parecia o adulto e meu pai, a criança. Esse tipo de inversão era comum entre nós, e minha mãe sempre dava risada e dizia para ele seguir meu bom exemplo. Este era um ponto em comum entre minha mãe e Haruko: a generosidade de aceitar o jeito infantil do meu pai. Ou melhor, era mais o caso de que, sem generosidade, ninguém aguentaria ser casada com ele.

Fiquei pensando que Haruko costumava reagir com piadas, enquanto minha mãe, uma professora, ia para o lado da bronca, mandando meu pai deixar de frescura. Senti que talvez isto explicasse por que eu não conseguia chamar Haruko de mãe: elas se pareciam. As palavras que usavam eram diferentes, mas o sentimento por trás delas era muito semelhante. As duas eram afetuosas, gentis, e generosas. Principalmente generosas...

Se fossem mais diferentes entre si, será que eu teria conseguido me abrir mais? Não sei dizer, mas imagino que teria conseguido aceitar a situação mais rápido. Só que assim, sendo meio parecidas, a imagem de Haruko acabava se juntando à da minha mãe. De certa forma, eu poderia dizer que meu pai tinha um gosto consistente... E então, justamente por causa da semelhança, sempre que eu ensaiava chamar Haruko de mãe, era invadido pela confusão e incerteza.

No meio da refeição, chegou uma caminhonete trazendo as bicicletas de aluguel. Eram três bicicletas urbanas vermelhas.

Haruko, que parecia conhecer a pessoa que as trouxera, saiu para assinar o recibo.

* * *

Resolvemos ir procurar os gatos assim que terminamos de comer.

— Não é melhor levar alguma comida pra eles?

Isso me ocorreu quando íamos saindo. Meu pai se animou, dizendo que era uma boa ideia. Ele não estava muito confiante em sua popularidade com os felinos.

Óbvio que entre as comidas disponíveis na casa não havia ração, então procuramos alguma coisa de que gatos pudessem gostar. Escolhemos *chikuwa* e queijo processado, que Haruko picou fininho e colocou em uma sacola plástica.

Então partimos, montados nas bicicletas.

— Cuidado, porque os pneus afundam na areia. Não vai cair, hein! — aconselhou meu pai, cheio de si. Mas ele, com a bolsa de fotógrafo a tiracolo e uma câmera SLR pendurada no pescoço, era o mais periclitante de nós três.

A sensação de pedalar sobre a grossa camada de areia que cobria as ruas era bem diferente de deslizar no asfalto. Seguimos adiante devagar, *krrr, krrr*, com as rodas sendo agarradas pelos dois lados e deixando um rastro fundo na areia. Nosso destino era uma praia onde ouvimos dizer que havia muitos gatos. De bicicleta, ficava a uns cinco minutos da casa.

As vielas de areia da vila acabaram e chegamos à estrada asfaltada que contornava toda a ilha. O asfalto era velho e irregular, com mato crescendo nas rachaduras. A praia aonde queríamos ir ficava do lado oposto dessa estrada. Conforme descíamos por uma trilha bem batida, víamos o azul do mar aparecendo de relance.

A trilha desembocava em uma praça, na entrada da qual estacionamos as bicicletas. Havia um quiosque quadrado à esquerda da arrebentação azul e ao redor dele se espalhava uma multidão de animais relaxados. Bem mais de vinte. Entre filhotes e adultos, devia haver uns trinta.

— Olha eles!

Meu pai disparou para o quiosque num grande alvoroço. A chegada repentina daquele tiozão entusiasmado fez com que os felinos que se refrescavam à sombra debandassem. Formou-se ao redor dele um vácuo, que se movia a cada movimento seu.

— Poxa, eles me odiaram…

Quando Haruko e eu chegamos ao quiosque, caminhando sem pressa, os gatos nem piscaram. Ao passar por um adulto grande, preto e branco com uma mancha de V invertido no rosto, Haruko estendeu a mão e fez um carinho distraído nele. O gato agitou o rabo uma vez.

— Que coisa, queria conseguir fazer isso assim, como quem não quer nada… — Meu pai fez um bico.

— Ué, é só fazer! — riu Haruko.

Quando meu pai estendeu a mão para afagar o mesmo gato, ele fechou a cara, desviou a cabeça e pulou do banco para o chão, determinado.

— Olha aí! É sempre assim, não sei por quê!

Acho que era fácil saber o porquê. Aquele desespero óbvio, de quem quer muito conseguir fazer um afago, era pressão demais para um gato.

— Mas hoje eu tenho uma arma secreta!

Ele tirou da bolsa o saquinho com petiscos. A ideia foi minha e a execução, da Haruko, mas meu pai é que ia usar, e sem a menor culpa por se aproveitar de nós. Pior, ele nem sequer percebia que estava se aproveitando. Bom, criança é assim mesmo.

— Você vai dar a comida aqui? — Haruko piscou, incrédula.

— Ué, onde mais eu daria? — disse meu pai, rindo. — Ei, pessoal, hora do rango! Tá gostoso!

O barulho do saquinho cheio de comida fez todos os gatos ao redor erguerem as orelhas. Todos os olhares, dos quatro cantos, se concentraram nas mãos do meu pai. Os animais mais distantes se aproximaram alguns passos. Em um instante, teceu-se ao redor dele uma rede extensa.

Ressabiado com o clima de tensão que se espalhava, recuei e fui ficar com Haruko. Aquela rede de gatos alertas não tinha nem traço da fofura de bichaninhos esperando um petisco.

Pensei que já tinha visto essa cena em algum lugar... Ah, tinha sido em um daqueles documentários sobre animais selvagens. Quando caçam em bando, é bem assim que eles fazem.

— Hahaha! Tá vendo, gato é gato! É só sacar uma comida que eles vêm...

Tranquilo e desavisado, meu pai pegou um punhado grande do saco. Na mesma hora o bando inteiro se moveu. Todos para cima dele. Ninguém miou pedindo graciosamente a comida. O que o cercava era a pressão intensa de quem demanda algo.

— Opa? — Assustado com aquela cena, meu pai deixou cair um naco de *chikuwa*. A comida mal tocou o chão do quiosque e já estava coberta de gatos. Num segundo, desapareceu na boca do mais ágil.

Era o exato inverso do vácuo felino de antes. A rede de gatos se fechou ao redor do meu pai, acompanhando de perto cada gesto seu.

Impaciente com aquele homem medroso que demorava a sacar mais comida da embalagem, um dos gatos mais valentes pulou e bateu na mão dele. Outros atacaram o saquinho. Até que eram bem espertos, de uma forma meio demoníaca.

— Haruko! Eles tão me agredindo!

— Pois é, são selvagens.

— Sai pra lá! — Meu pai arremessou um tanto de comida para longe. O cerco se dispersou em direção a ela e num instante vários gatos disputavam os pedaços, um tentando driblar o outro.

Mas os que saíram correndo atrás dos pedaços arremessados não tinham visão de longo prazo. Os que permaneceram avaliaram que meu pai ainda tinha bastante comida para oferecer e continuaram fechando o cerco. Era o comportamento exato de predadores.

— Aah!

Um deles, sem qualquer respeito pelo meu pai, arrancou a sacola das suas mãos com uma patada. Os petiscos se espalharam pelo chão e os gatos foram à loucura, numa algazarra de bestas carnívoras. Cada gato tentava pegar tudo o que pudesse e afastar os colegas. Alguns se estranhavam e começavam a brigar.

Um gato tigrado, enorme, com ares de chefão, botou medo nos outros e comeu boa parte do que estava no chão.

— Ei, você já comeu um monte! Deixa um pouco pros pequenos!

Meu pai tentou conter o chefão listrado, que reagiu deixando uma bela marca de garras na mão direita dele.

Em um piscar de olhos, acabaram com toda a comida e a correria louca cessou. Os gatos se dispersaram calmamente e cada um voltou para seu canto favorito.

Meu pai, tendo desperdiçado toda a comida sem nem chance de pegar a câmera, ficou xingando os animais de longe.

— Bichos malditos!

— Ué, você não disse que eles eram fofinhos? — zombou Haruko, e meu pai fez cara feia.

— Esses são uns selvagens!

— Estão só lutando pra sobreviver. O pessoal da ilha dá comida, mas não é o bastante, e no fim quem come são os gatos mais fortes.

— Então aquele chefão lá deve estar sempre de pança cheia! Custava dividir com os menorzinhos?

— Um animal selvagem não segue essa lógica. — Me meti na conversa, já que até eu, um filhote, conseguia entender isso.

— E também, se eles são tão truculentos assim, você podia ter me avisado! — Meu pai voltou sua mira para Haruko.

— Nem me ocorreu que você fosse dar a comida aqui! Achei que você ia usar essa isca quando encontrasse um grupo menor, um gatinho sozinho... — Ela tinha mesmo indagado, surpresa, se ele ia dar a comida ali, provavelmente por ter previsto aquele desastre. — Mas você nem me escutou e já foi pegando a sacola.

— Tá, deixa pra lá.

Ih, emburrou.

— Não preciso atrair eles com comida pra tirar fotos. Sou profissional! E trouxe a teleobjetiva.

Meu pai, então, começou a trocar a lente da câmera. Mas não fez isso no interior do quiosque, que era o quartel-general dos gatos, e sim num banco do lado de fora. Sua experiência como alvo da caçada o deixara um pouco precavido.

Quando meu pai começou a fotografar, todos se mostraram profissionais, ele e os gatos. Cada um na sua área: meu pai um profissional da fotografia e os gatos, profissionais da liberdade. Uma vez que ele conteve seu desejo de tocar nos animais e se concentrou apenas nas fotos, os gatos deixaram de se incomodar e voltaram a ficar à vontade.

Hoje em dia, com as câmeras digitais, dá para tirar um milhão de fotos e escolher depois, mas naquela época o padrão eram câmeras analógicas, e você não sabia o resultado das fotos até revelar o filme. Cada pose custava caro, não dava para sair clicando sem pensar — o talento do fotógrafo estava em conseguir se controlar, mas sem deixar passar os momentos de ouro.

De tempos em tempos, o obturador da câmera soava em meio aos gatos que relaxavam. Eram os momentos que meu pai considerava que valiam a pena. Mas depois de algum tempo, ele começou a reclamar que precisava de um pouco mais de movimento. Deixados em paz, os gatos permaneciam deitados, não havia nenhuma ação interessante para registrar. Com a teleobjetiva, ele conseguiu acompanhar um grupo de filhotes que foi brincando em direção à praia, mas de resto o ar no quiosque estava imóvel.

— Ryo, você não quer ir brincar um pouco com eles? Finge que é um menino da ilha que gosta de gatos.

— Eu, hein! Pra sair na revista?

Uma criança que gosta de chamar a atenção iria amar essa proposta, mas não era o meu caso. Me inclua fora dessa.

— Nem é certeza que vai sair, quem escolhe as fotos são os editores.

— Mas pode ser que saia! E também seria mentira, já que eu nem sou da ilha.

— Tá, então você pode ser um turista, que tal?

— Já disse que não!

Enquanto nós discutíamos, um ruído de asas soou da praia e nos viramos para olhar.

— Ai, não! — gritou Haruko.

Os gatinhos que tinham ido brincar na praia haviam atraído corvos. Um não conseguiu fugir a tempo e foi cercado, claramente na mira dos pássaros.

— Eeei!

Meu pai largou a câmera e correu para a praia. Em momentos como esse, sua velocidade de resposta era extraordinária.

Haruko foi atrás dele um pouco depois. Eu acabei ficando, já que os dois adultos tinham debandado, deixando de lado equipamentos caros. A câmera do meu pai custava uma fortuna. Por mais pacata que aquela ilha fosse, não parecia uma boa ideia largá-la ali sem ninguém para vigiar.

— Iaaaaai! — berrou meu pai quando os corvos o atacaram.

— Força, Katsu!

Haruko contribuiu agitando os braços. Os pássaros, irritados com a interrupção da caçada ao gatinho e querendo se livrar logo daqueles dois empecilhos, continuavam a atacá-los, sem medo.

— Esses dois não mudam…

Ouvindo uma voz às minhas costas, me voltei para olhar e vi a mesma senhora de antes. Na luz clara da praia, o branco do seu olho ficava ainda mais evidente.

— Como assim, não mudam?

— Da outra vez que eles vieram também fizeram um escarcéu tentando salvar quem não precisava ser salvo.

— Não precisava?

Não era a reação natural de qualquer pessoa ajudar um gatinho indefeso sendo maltratado por um bando de corvos?

— Os mais fracos viram presa, é assim que funciona.

Era um comentário insensível, mas que por algum motivo não soou cruel.

— Se quem é fraco não morre, a coisa não vai pra frente.

O que é que não iria pra frente? Não perguntei, pois pressenti que a resposta seria desalentadora demais.

— Da outra vez eles também ajudaram um filhote?

— Não, foi um gato adulto... Que tinha vivido o bastante e já podia morrer.

— Merda! — Ouvi um berro vindo da praia e vi meu pai atirando areia nos corvos. — Ryo, traz umas pedras! Pedras, rápido!

— Quê?!

Olhei ao redor, aflito. O chão em volta do quiosque era todo de areia, não havia nenhuma pedra para jogar.

— Por ali deve ter. — A senhora apontou um grupo de arbustos nativos.

Eu hesitei. Não queria me afastar dela, queria ouvir um pouco mais do que ia dizer. O que será que essa velha, com suas palavras insensíveis, tinha para contar sobre meu pai e Haruko? Sobre o primeiro encontro deles, sobre esse lado dos dois que eu desconhecia? Haruko e meu pai salvando um gato adulto que já tinha vivido o bastante e podia morrer...

— Vai lá — insistiu a senhora. — Se você quiser ouvir o resto, pode ir no jardim ver as estrelas mais tarde. Eu costumo caminhar por ali à noite.

No fim, quando peguei umas pedras e fui para a praia, os corvos já haviam desistido do gatinho, diante de obstáculos tão persistentes. Assim que se afastaram, o gatinho disparou de volta para o quiosque.

— A gente ajuda o bichinho e não ganha nem uma palavra de agradecimento...

— Ah, não tem jeito, é como os gatos vivem na natureza.

Quando Haruko disse isso, rindo, deixei escapar uma pergunta:

— Se esse é o jeito que eles vivem na natureza, não seria melhor não ajudar?

As palavras da senhora continuavam nos meus ouvidos. Os mais fracos viram presa, é assim que funciona. Se quem é fraco não morre, a coisa não vai pra frente.

— É, pode ser... — disse Haruko, sorrindo. — Mas a nossa presença aqui hoje também é um fato natural.

— Isso mesmo! — Interveio meu pai num rompante. — Aquele gatinho teve sorte! Quem tem sorte vive, quem não tem morre. Assim tá resolvido. Até porque se a gente ficasse parado aqui vendo um bando de corvos matar um filhote, não ia conseguir dormir à noite. Ia estragar a nossa viagem de família.

— É uma viagem de trabalho.

— Se eu quiser pagar do meu próprio bolso para juntar uma viagem de trabalho com férias em família, estou no meu direito!

O gato sortudo, salvo por eles, tinha desaparecido em meio ao bando, eu não saberia apontar qual era.

Devia haver dias em que a sorte estava do lado dos corvos e o azar era dos gatinhos. Mas, hoje, a sorte tinha sido dele. Era uma forma simples e convincente de olhar as coisas.

Fiquei pensando que meu pai e Haruko viviam guiados pela mesma lógica.

Meu pai teimou em perambular pela praia até o cair da tarde.

Às vezes apareciam uns turistas que viravam presa dos gatos, como acontecera com ele, às vezes um motivo qualquer causava uma briga entre os animais.

Nessas horas os cliques da câmera ecoavam.

— Aquele ali, ó, é meio desajeitado...

Ele apontou um gato bonito, tigrado de marrom e com olhos delineados. Não era um filhote, mas também não era do tamanho de um adulto. Haruko estimou que devia ter uns seis meses de idade.

Ela e eu também havíamos reparado nesse gato. Não parecia ter muito poder dentro do bando. Quando os turistas davam comida, ele era expulso do campo de batalha só pela intimidação, sem nem ter chance de entrar na briga. Mesmo se acontecia de um pedaço rolar para perto dele, o tigrado se embananava e outro gato acabava pegando antes.

— Pena que a gente não tem mais comida...

Meu pai havia observado alguns turistas mais habilidosos na distribuição de ração. Eles espalhavam um bom tanto de comida pelo chão, depois aproveitavam o caos subsequente para se aproximar de seus gatos preferidos com uma pequena porção escondida na mão, que jogavam bem perto do focinho deles, como quem não quer nada. Com essa técnica, daria para alimentar especificamente esse gatinho.

A luz do sol estava ficando alaranjada. Meu pai mudou a exposição da câmera para registrar o mar e os gatos no crepúsculo.

E nesse momento eu reparei numa cena incrível.

— Pai! — chamei baixinho.

Ele também tinha notado.

Um dos felinos se esgueirava de costas para dentro de uma moita de plantas baixas, levando na boca um pássaro batuíra com a cabeça pendendo inerte. Esse gato, que tentava entrar no mato rápido, antes que os outros reparassem na sua presa e viessem brigar por ela, era aquele tigrado desajeitado.

Encantado, meu pai tirou muitas fotos.

O gato conseguiu se esconder dentro da moita com sua presa. O pássaro tivera azar. Já o tigrado... nesse caso não tinha sido questão de sorte, mas de habilidade. O azar da batuíra foi o predador ter focado nela.

— É a vida selvagem… — murmurou meu pai.

Sorte, azar, habilidade. É a mistura de tudo isso que define quem sobrevive. Ali, tão próximo de onde viviam os humanos, estava um pequeno reino selvagem.

— Vamos pra casa?

Meu pai baixou a câmera.

Não havia motivo para continuar, ele já conseguira a melhor foto do dia. Vimos vários gatos pelo caminho, mas meu pai não sacou mais a câmera.

Para o jantar, Haruko usou o que estava na geladeira e preparou um *chanpurū* de tofu e um *irichi* de papaia.

— Ryo, quer tomar banho primeiro? — perguntou Haruko enquanto tirava a mesa.

— Posso ir depois. Tudo bem se eu for deitar um pouco lá fora?

— Aqui esfria de noite, hein?

— Pensei que deve ser bonito deitar na espreguiçadeira e ver as estrelas.

Ela disse que era uma boa ideia e me deixou sair, desde que eu levasse uma manta.

— Que legal, acho que vou também! — anunciou meu pai.

Havia duas espreguiçadeiras no jardim, mas eu falei para ele ir tomar banho logo.

— Se deixarmos para depois, vai ficar muito tarde para a Haruko!

Ela sempre tomava banho por último, para depois já dar uma limpada rápida no ofurô.

— Poxa, mas se eu vier depois do banho vou sentir frio. E eu também quero ver as estrelas…

Ai, seu crianção…

— É só secar bem o cabelo e levar uma coberta, não tem problema.

— Eu te dou mais uma cerveja depois do seu banho — contribuiu Haruko. Com a colaboração dela, consegui empurrar meu pai para dentro de casa de novo.

Se ele estivesse comigo quando aquela senhora aparecesse, eu não ia ouvir o que ela tinha para contar sobre os dois.

Eu não sabia a que horas ela sairia para caminhar, mas não devia ser muito tarde, já que velhinhos costumam dormir cedo. Quando fui para o jardim, depois de jantarmos e descansarmos um momento, era um pouco antes das oito. Pensei que, se ela fosse sair, provavelmente seria por volta daquela hora. Se nos desencontrássemos, seria falta de sorte minha.

Deitei na espreguiçadeira e dei com as estrelas tão próximas de mim que levei um susto. Pareciam prestes a despencar no chão ao meu redor. Percebi que ficariam ainda mais nítidas sem a luz da lâmpada da entrada, então voltei para a casa e a apaguei. Como eu esperava: elas pareciam perto o bastante para tocar. Deitado na espreguiçadeira, me senti um rei.

Lembrei da música do festival Tanabata, que descreve as estrelas como areia de ouro e prata. Era exatamente como se alguém tivesse esparramado uma areia brilhante no céu.

— Opa, você está aí. — De repente, a cara da velhinha apareceu no portão.

— Achei que a senhora sairia para passear por volta dessa hora.

Ela elogiou minha estimativa.

— Por favor. — Indiquei a espreguiçadeira vazia.

A senhora passou pelo portão e se sentou.

— Você quer saber sobre aqueles dois, certo?

Ela começou a contar sobre a primeira vez em que meu pai e Haruko estiveram na ilha.

* * *

Segundo a senhora, quando meu pai chegou, estava arrasado, fora de si. Haruko, desde a primeira vez que o viu, ficou preocupada com seu estado.

Era a primeira visita dele a Okinawa e, logo de saída, pegaram um tempo péssimo. Não só chovia, mas estava muito nublado, com o mar revolto, então Haruko sugeriu que ele aproveitasse para fotografar uma típica tempestade okinawana e o levou a um lugar famoso pelas ondas. Até aí, era a história que eu já sabia.

Fora isso, o que eu tinha escutado era que o fato de meu pai não ter se abalado com o mau tempo e conseguido aproveitar a visita mesmo assim causara uma boa impressão em Haruko. Então sempre pensei que havia sido uma viagem divertida. Mas a senhora balançou a cabeça e disse que não fora nada disso.

— O estado do seu pai era preocupante. Parecia que a alma dele tinha caído pra fora.

Isso de a alma cair de alguém é um pensamento característico de Okinawa. Lá, se acredita que um choque ou um estresse muito grande pode fazer com que a alma da pessoa caia do corpo. Quando isso acontece, é preciso recolher a alma e devolvê-la. Se não, se a pessoa continua com a alma caída, pode ficar abatida, se sentir mal e, em casos mais graves, até adoecer.

Eu sabia bem o que havia feito a alma do meu pai cair do corpo. Desde a morte da minha mãe ele estava desorientado. Para tentar escapar da realidade de que ela havia morrido, saiu fotografando todos os cantos do Japão, como um peregrino. Será que nesse momento em que ele conheceu Haruko sua alma ainda não tinha voltado?

— A sua mãe cuidou dele com muita dedicação, viu.

Foi estranho ouvi-la se referir a Haruko como minha mãe, mas eu não disse isso à senhora. No papel, ela era mesmo minha mãe, e achei que discorrer para uma desconhecida sobre os sentimentos complexos de um filho após o segundo casamento de seu pai seria, justamente, uma atitude infantil. Se eu fizesse isso, não poderia mais zombar de meu pai por ele agir como criança.

Em dado momento da viagem o tempo abriu, mas o mar ainda estava agitado, talvez viesse outra tempestade. Meu pai desistiu de fotografar as águas turvas e resolveu focar nas casas de telhados vermelhos.

Ele estava hospedado nesta mesma casa, e Haruko se arrependeu de não ter escolhido uma pousada comum, com refeições inclusas.

— Venho buscá-lo mais tarde para o passeio noturno pela ilha, então jante antes disso, por favor. Pode usar tudo o que está na cozinha. Se não quiser cozinhar, também tem lámen instantâneo!

Ela insistiu bastante antes de partir, mas deve ter continuado preocupada.

— Antes de ir embora, ela pediu para eu cuidar dele — contou a velha, sorrindo. — Devia estar muito aflita, para pedir a ajuda até dos vizinhos.

No final das contas, Haruko voltou mais cedo do que o combinado, trazendo um pote com uma refeição simples.

— Sr. Sakamoto! — chamou ela na porta.

Mas meu pai tinha saído e largado as luzes acesas. Haruko entrou na casa chamando por ele e encontrou um bilhete na mesa.

"Vou ver o mar e já volto."

Ele tinha deixado o guia de viagem aberto na página de um píer, no lado oeste da ilha.

Haruko guardou a comida na geladeira e ficou esperando. Mas deu a hora em que ela havia combinado de vir buscá-lo, e nada do meu pai chegar. Ela decidiu ir ao encontro dele no tal píer.

— Já que eu estava por ali, acabei indo junto — disse a velha. Ela era mais atenciosa do que eu imaginava.

O local, sem nenhum poste de luz, estava um breu completo. Não dava para ver o mar, como ele dissera no bilhete. A escuridão das águas se estendia a perder de vista, não se via nada até o horizonte. No máximo dava para ver os respingos das ondas revoltas que se chocavam contra o píer, iluminados pela luz fraca da lua.

Meu pai estava sentado na passarela, perdido em pensamentos. Aliviada, Haruko se aproximou dele.

— Sr. Sakamoto!

Quando meu pai se voltou, ela ficou paralisada. O rosto do homem estava todo molhado de lágrimas.

— Ah, desculpe — ele disse sem jeito, fungando, e começou a enxugar o rosto, afobado. — Acabei me lembrando da minha falecida esposa. Eu já devia ter superado, mas…

Tudo o que Haruko pôde fazer foi ficar parada ao seu lado.

— É ridículo, até meu filho é mais forte que eu…

— Deve ser muito difícil — ela deixou escapar num murmúrio.

E então meu pai desandou a chorar alto. Haruko se ajoelhou ao lado dele e afagou suas costas com delicadeza, num gesto natural, como o de quem cuida de um ferido. O pranto violento demorou a cessar. Haruko continuou ao seu lado até os lamentos diminuírem um pouco, depois disse:

— Por enquanto vou voltar para a casa onde o senhor está hospedado. Não tenha pressa. — E se afastou.

Meu pai não ergueu o rosto nem respondeu. Tinha entregado o corpo aos soluços que o assolavam.

Haruko esperou por quase uma hora, mas ele estava demorando muito para voltar, então ela resolveu ir ao píer mais uma vez. Ficou preocupada com aquele homem que chorava de forma tão desolada.

Ao chegar, encontrou-o parado em pé na praia. Viu suas costas fazerem um movimento de hesitação e, de súbito, ele disparou para dentro da água.

Haruko nem conseguiu gritar, só correu ao encalço do meu pai, que se atirava com tudo no mar.

— Sr. Sakamoto!

Ele não olhou para trás. Ela avançou mar adentro sem pensar, até alcançá-lo. Era uma praia plana, a água ainda estava na altura de seu peito.

— Não faça isso! Volte para a margem! — Lutando contra as ondas violentas, Haruko agarrou a gola do meu pai. Sua voz soou entrecortada pelo vento. — Se o senhor seguir o caminho dela, o que vai ser do seu filho?

— Espera, me solta…

— Não solto!

— O gato! — ele gritou, interrompendo o que ela ia dizer. — O gato vai morrer!

Na direção em que ele apontava, Haruko notou um lugar onde as ondas que se chocavam contra o píer espirravam de forma diferente. Havia um gato ali, se afogando.

Meu pai e Haruko uniram forças para agarrá-lo, depois enfrentaram as ondas de volta até a praia.

— Ele não está bem… — Inerte nos braços do meu pai, o gato mais parecia um pinto molhado. — Deve ter engolido água…

— Como será que se faz respiração boca a boca num gato?...

Meu pai agarrou o animal pelas pernas traseiras e o sacudiu para cima e para baixo.

— Que violência!

— Se uma criança engasga com uma bala, tem que sacudir assim, de ponta-cabeça. Com sorte, ela cospe.

No final das contas, essa medida emergencial foi acertada. Fez com que o gato botasse um tanto de água para fora, e depois ele vomitou o resto por conta própria. Quando terminou, tombou no chão, exaurido.

— Bom, vamos levá-lo para casa?

— Boa ideia, está frio.

Meu pai e Haruko também pareciam dois pintos molhados. Ao chegarem à casinha, lavaram o gato no chuveiro com água morna e, a quatro mãos, o secaram com toalha e secador.

Em seguida prepararam uma cama para ele numa caixa de papelão, e também se revezaram tomando banho. Haruko vestiu um pijama que encontrou em um dos armários.

A essa altura, quando os dois terminaram de se recuperar, o gato também estava tranquilo. Tinha deixado de ser um gato quase afogado para ser apenas um gato dormindo.

— Escuta... — começou Haruko, sem jeito. — Me desculpe pelo mal-entendido...

— Ah, imagina. — Meu pai também estava constrangido. — Era natural que você pensasse assim, tendo visto um homem feito soluçar daquela maneira e depois se atirar no mar.

Ele fitou o gato que dormia.

— Parece que esse gato tem um olho ruim.

— É, eu reparei. Mas é estranho, acho que ele mora por aqui...

— Ele te acompanhou até a praia e continuou lá depois que você voltou para casa. Ficou ao meu lado por um tempo, mas quando parei de chorar saiu zanzando por ali. Estava andando na passarela, deu um passo em falso e caiu.

— Só porque foi junto comigo, coitado. Eu não devia ter feito isso.

— Ah, não, a culpa é minha. Não sei, fiquei com a impressão de que ele estava me fazendo companhia.

Ao lado do gato que dormia, os dois ficaram discutindo para ver quem era responsável pelo acidente — "Imagina, fui eu", "Não, não, fui eu" —, até que se entreolharam e deram risada.

— Ainda quer fazer o passeio noturno pela ilha?

Meu pai disse que deixaria para uma próxima oportunidade.

— Num outro dia você me mostra mais da ilha. Aí trago meu filho também.

— Claro. Venha, sim.

E assim Haruko foi embora. Ainda preocupada com o jantar do meu pai, avisou que tinha deixado uma coisinha preparada na geladeira.

— O gato foi muito desastrado! Se um bicho pisa em falso e cai no mar desse jeito, é porque já chegou a hora dele. — A senhorinha não poupou o animal da história.

— Ele teve sorte. — Usei a lógica do meu pai e de Haruko. — Afinal, o fato de dois humanos estarem lá também era parte da natureza.

Num reino selvagem tão próximo da terra de humanos, era de esperar que as pessoas cometessem algumas irregularidades.

— Sorte… Bom, quem sabe a gente pode dar um desconto e dizer que foi isso — murmurou ela com uma risadinha rouca. — Além do mais, acho que toda aquela bagunça fez a alma do seu pai voltar para o corpo.

— Isso! Não dizem que "quem ajuda ao próximo ajuda a si mesmo"?

Mesmo que o próximo seja um gato.

A velha se pôs em pé com certo esforço.

— Quer que eu chame meu pai e a Haruko?

— Não, não. Já tenho que ir voltando, senão o pessoal de casa fica preocupado.

Ela seguiu para o portão com passos tranquilos. Ao chegar lá, se voltou para me olhar.

— Uma hora dessas você vai chamar ela de mãe?

— Oi?

— Acho que tem alguém esperando…

Eu sabia disso. Sabia muito bem que meu pai estava ansioso para eu chamar Haruko de mãe.

— Mas sendo uma pessoa tão paciente, não vai te apressar…

Oi? Deixei escapar outra exclamação. Paciente? Não era possível que ela estivesse falando do meu pai.

— É a Haruko quem você diz que está me esperando?

A velha foi embora rapidinho, sem responder à minha pergunta.

Continuei ali parado, até que Haruko apareceu na porta.

— Vem tomar banho, Ryo.

Na sequência, apareceu meu pai, dizendo pra eu trocar com ele. Tinha secado o cabelo e trazia uma lata de cerveja.

— Uau, isto aqui é uma cama de rei! — exclamou, animado. O céu causou nele a mesma impressão que eu sentira.

* * *

No dia seguinte, continuamos a rodar a ilha em busca de gatos. Até na praia com grãos de areia em forma de estrela havia muitos, que meu pai fotografou de vários ângulos. Competimos para ver quem conseguia pegar mais grãos em forma de estrela e ele, como sempre, foi o mais empenhado em vencer.

Naquela noite, saímos para um passeio na ilha.

Na praia com o quiosque, os gatos estavam espalhados na areia iluminada pelo luar, relaxando.

— Taí uma cena que não se vê a toda hora...

Animado, meu pai sacou o tripé, preparou a câmera e diminuiu a velocidade do obturador.

Com o obturador mais lento, a câmera consegue receber mais luz para tirar boas fotos noturnas. Como ali havia apenas a luz das estrelas e da lua, era preciso diminuir muito, bem mais do que para fotografar uma rua urbana cheia de luzes elétricas. Meu pai configurou para quase vinte segundos.

Depois que ele guardou seu equipamento fotográfico, continuamos observando os gatos que descansavam ao longo da praia.

— Finalmente consegui fazer esse passeio noturno... — murmurou ele.

O passeio havia ficado para a viagem seguinte. Para outro dia, junto com seu filho. Essa fora a promessa de meu pai ao partir da ilha.

— Da outra vez...

Eu ia comentar sobre como eles haviam salvado um gato no mar à noite, mas desisti. Naquele dia, ele tinha desandado a chorar pela morte da minha mãe. Não era história para mencionar em uma viagem em família com Haruko.

— O que foi?

Como meu pai insistiu, tentei mudar de direção:

— Da outra vez você não andou pela ilha à noite?

Isso foi o melhor que consegui pensar, sem parecer muito forçado. Afinal, eu ainda era uma criança.

Meu pai e Haruko se entreolharam e sorriram discretamente.

— Daquela vez o mar estava muito revolto por causa da chuva.

Ele não estava mentindo. Mas também não estava contando tudo.

Esse é o tipo de coisa que os adultos fazem para deixar os assuntos mais palatáveis, pensei. Até que meu pai tinha alguma maturidade.

— Eu queria vir de novo com você, Ryo.

Eu poderia ter dito que já sabia disso, mas também guardei esse fato para mim.

— Que bom que deu pra gente vir junto.

Não falei tudo, mas também não menti.

Como meu pai já tinha fotos suficientes, no dia seguinte resolvemos visitar a ilha Ishigaki antes de tomar o avião de volta. Saímos da casa onde estávamos hospedados a tempo de pegar um barco que chegaria a Ishigaki um pouco depois das nove horas.

Haruko deixou a chave no local de devolução analógica, e estávamos colocando as malas no carro que viera nos buscar quando apareceu um gato bem velhinho, caminhando devagar pela areia branca.

Tinha o pelo branco, amarelado pela maresia, com manchas pretas.

— Ah! — exclamou Haruko. — Olha só quem está aqui, Katsu.

— Opa! — Meu pai também se alegrou ao ver o gato. — Como é que você vai?

O gato idoso se deixou acariciar por ele, esfregando a cabeça contra sua mão com intimidade.

— Da outra vez que nós viemos para cá, Katsu salvou esse gato de se afogar no mar.

Sim, eu sei.

Mais uma vez, guardei as palavras para mim e só concordei com a cabeça.

— Vi essc gato algumas vezes aqui na rua.

— Quer dizer que você continua dormindo por aqui, é?

— Ah, é, Katsu! Sabe que depois de um tempo um vizinho daqui adotou ele?

— Puxa! Se deu bem, hein? Vai poder morrer deitadão no tatame.

O gato esfregou a cabeça na mão do meu pai mais uma vez, como quem diz: "Graças a vocês!". Depois fez o mesmo com Haruko e comigo.

— Olá — sussurrei, fazendo um carinho nele. — Obrigado por ter me contado tudo aquilo. Uma hora dessas vou conseguir chamar ela de mãe, tá?

Ouvindo isso, o gato roçou todo o corpo nas minhas canelas. Parecia estar me encorajando.

No dia seguinte à nossa chegada, meu pai já revelou as fotos e as enviou para a editora. Um mês depois, recebemos a edição especial sobre gatos.

— Que coisa, não rolou… — Depois de folhear a revista, meu pai olhou para o teto, desapontado.

Haruko e eu verificamos a matéria e logo entendemos: a foto preferida dele, a do gato tigrado com o pássaro que havia caçado, não tinha sido usada.

As imagens escolhidas foram dos gatos brincando na praia à noite e de um filhote descaradamente fofo. O pagamento era o mesmo, não importava quais fotos usassem, mas meu pai ficou chateado ao ver que haviam desprezado a foto da qual ele tinha tanto orgulho.

— Não fica assim. Aquela é a que eu mais gostei também, foi a que registrou melhor o estilo dos gatos de Okinawa.

— Eu também achei a melhor.

Nós dois nos dedicamos a melhorar seu humor, porque quando meu pai ficava chateado dava muito trabalho. Pensando bem, já estava se criando entre nós uma sintonia típica de mãe e filho. Talvez não demorasse tanto para eu chamá-la de mãe.

Então não precisa se preocupar, viu?

Dentro do peito, mandei essa mensagem para a velha gata com o olho direito esbranquiçado.

Tom, seu folgado

DIA X, MÊS X

No meio da noite, escuto fungadas ao lado do meu travesseiro, *func-func*. Bigodes pontudos me espetam. Abro os olhos e me deparo com o Sr. Tom, bem espichado para me encarar à curtíssima distância.

Seus olhos muito pretos insistem, "Levanta, levanta!", então vou atrás dele, que se volta de tempos em tempos para olhar se o estou seguindo direitinho e me leva até o estoque de petiscos na sala. "Tô com uma fominha, me dá um lanche." São três da manhã.

Ai, Tom, seu folgado. Fofo e folgado.

DIA X, MÊS X

Já estou sofrendo de privação de sono com essa história de ser acordada todo dia às três da manhã, então vou deitar determinada a ignorar qualquer chamado. Quando ignoro o *func-func*, ele pula em cima da cama e pisoteia o travesseiro, *chon-chon-chon*. Sigo me fazendo de morta, então ele começa a acertar a minha cara uma vez a cada cinco pisadas, como se fosse sem querer. Derrotada, me levanto.

Ai, Tom, seu folgado. Fofo e folgado.

DIA X, MÊS X

Vou dormir convicta: hoje ele não me tira da cama. Ignoro o *func-func*. Ignoro o *chon-chon-chon* no travesseiro. Sr. Tom bate em retirada.

Estou confiante de que finalmente vou dormir em paz, quando soa um canto eletrônico: *Piu-piu! Piu-piu!* Me viro e vejo que é um pássaro de brinquedo que faz barulho. Ele trouxe esse negócio para usar de despertador. É um gênio.

Ai, Tom, seu folgado. Fofo e folgado.

DIA X, MÊS X

Não serei vencida. Ignoro o *func-func*. Ignoro o *chon-chon-chon* no travesseiro. Ignoro o *piu-piu!*. Por um momento, ele retrocede.

Em seguida, volta a subir na cama. Já que o pisoteio não funciona mais, se escarrancha em cima da minha cabeça e fica ali parado, oscilando, bem numa posição em que os pelos da sua barriga *quase* roçam meu nariz. Assim, só me resta levantar.

Ai, Tom, seu folgado. Fofo e folgado.

DIA X, MÊS X

Não serei vencida, jamais! Ignoro o *func-func*, o *chon-chon-chon* e o *piu-piu!*. Deito de lado para evitar o ataque dos pelos de pança. Sr. Tom bate em retirada. Depois de algum tempo, ouço na sala um *Piu-piu! Piu-piu! Piu-piu! Piu-piu!* (ad infinitum), como um pássaro enlouquecido. De raiva, ele está tocando o bicho sem parar, para eu ouvir. O ritmo rock 'n' roll da sua fúria espanta meu sono.

Ai, Tom, seu folgado. Fofo e folgado.

DIA X, MÊS X

Ignoro o *func-func*, o *chon-chon-chon*, pego imediatamente o passarinho e sumo com ele no meio das cobertas. Evito o ataque de pança. Sr. Tom dá a volta no travesseiro, encosta com força sua testa na minha e esfrega a cabeça, girando para lá e para cá. Eu não estava preparada, a essa altura do campeonato, para esse ataque de charme insuportavelmente fofo. Se eu ignorar, pode ser que ele nunca mais faça isso. Analisando prós e contras, sou obrigada a me levantar.

Ai, Tom, seu folgado. Fofo e folgado.

DIA X, MÊS X

Tiro uma soneca para compensar a falta de sono durante a noite. Sr. Tom toma sol do lado da tela de mosquiteiro na janela.

De súbito se agita, arqueia as costas. Vou ver o que acontece e encontro uma visita graciosa do lado de fora da janela.

— Olha só que gracinha! — exclamo, e Tom me olha repleto de fúria.

Seu olhar diz mais que mil palavras: *O que é que você falou?!*

Ai, Tom, seu folgado. Fofo e folgado.

O vento está soprando pétalas de cerejeira contra a tela da minha janela. Mais visitantes graciosas vêm chegando depois da primeira.

As flores das cerejeiras diante da janela começaram hoje a cair.

O Sr. Tom é um gato.

O ano é 2020. O mundo não foi devastado por chamas nucleares, mas a situação não é boa.

Ainda assim, neste ano as dafnes deram flor, as magnólias deram flor, as cerejeiras deram flor.

No próximo ano as flores da primavera devem florescer mais uma vez.

E, no próximo ano, minha luta noturna com Tom deve continuar.

* * *

Em breve vai fazer um ano.

As ameixeiras já estão floridas, mas as cerejeiras ainda não.

Como eu desconfiava, Tom e eu continuamos a nos enfrentar toda noite.

* * *

[...] Agora, enquanto digito este texto, escuto um ruído grave às minhas costas, *gruuu, gruuu.*

Me volto e vejo Tom amassando com as patas uma almofada de plush, ronronando e me encarando fixamente.

Me aproximo para ver o que ele quer e, sem parar de pisotear a almofada, ele pressiona sua testa contra a minha.

Ai, Tom, seu folgado. Fofo e folgado.

Tudo isso sou só eu contando vantagem, então podem esquecer do que leram, não tem problema.

A gata de Schrödinger

Kaori Tsukuda foi para a casa de seus pais para dar à luz e se recuperar do parto, e quando voltou muita coisa tinha acontecido.

Quem ficou cuidando da casa foi Keisuke, seu marido. Ele era Keisuke Tsukuda, autor de mangás que escrevia para uma revista mensal dirigida a meninos. Vários anos antes, uma obra sua havia feito muito sucesso. Desde então só publicava histórias avulsas ou séries de poucos capítulos, mas mantinha uma produção constante.

Keisuke havia dedicado ao mangá todas as habilidades de que dispunha como ser vivo (o fato de mesmo assim não conseguir emplacar um novo hit era prova da exigência do mercado). Antes de ir para a casa dos pais, Kaori pediu que ele direcionasse pelo menos um pouco de suas habilidades às tarefas domésticas enquanto ela estivesse fora. Mas nem por isso esperava encontrar a casa em condições decentes quando voltasse.

Naquele dia tinham combinado de Keisuke ir buscá-la no terminal mais próximo, em Ueno, mas ele telefonou quando ela estava descendo do trem-bala, pediu mil desculpas e disse que não conseguiria ir. Não era época de fechamento da revista,

Kaori sabia, mas essa atitude não a surpreendeu, vindo de um homem como ele. Talvez tivesse virado a noite tentando arrumar a casa, que devia estar um pardieiro depois de um mês, e a correria fora demais para ele. Se nem o cronograma dos mangás ele conseguia cumprir, sempre atrasando tudo, manter as atividades domésticas em dia era um sonho inalcançável.

Levando em conta as próprias forças e a recém-nascida que tinha nos braços, Kaori pegou um táxi assim que se viu fora da estação.

Ela mesma havia escolhido e providenciado todos os itens necessários para o enxoval. Faltava só montar o berço, tarefa que havia confiado a Keisuke, deixando claro que se não fizesse isso seria um homem morto. Se ele tivesse feito esse mínimo dos mínimos, poderia poupar sua vida.

Eles moravam em uma casa que haviam comprado na época do grande sucesso de Keisuke, dando o máximo possível de entrada. Sabiam que se deixassem passar aquela oportunidade, nunca mais conseguiriam algo igual.

Kaori chegou, tocou a campainha e não encontrou ninguém. Vai ver ele tinha dado um pulo na loja de conveniências. Ela abriu a porta e entrou.

Estava determinada a não se abalar, qualquer que fosse o estado da casa, mas foi pega de surpresa. O chão estava um pouco empoeirado e havia caixas vazias empilhadas no corredor, mas de resto até que as coisas estavam ajeitadas.

Quase todas as caixas eram do enxoval que Kaori havia enviado. Fórmulas, fraldas, lenços umedecidos, Areia Sanitária Gatinho Feliz...

Pera, o quê?!

Ela olhou de novo. A caixa de Areia Sanitária Gatinho Feliz estava mesmo ali, impávida.

Neste momento, a porta se abriu às suas costas.

Quando Kaori se virou e seus olhos encontraram os do marido, ele soltou uma exclamação de evidente culpa:

— Ih...

Keisuke trazia no ombro uma mala... Não, era uma bolsa de transporte para pets.

De lá de dentro, um animalzinho gritou como uma sirene.

— O que é que tá acontecendo aqui!? — gritou Kaori, e então foi a vez da bebê em seus braços abrir um berreiro.

O nome da bebê era Shiori, e fora escolhido por Keisuke.

Desde o começo, Kaori quis deixar o nome a cargo dele. Fora isso, não sabia o que mais poderia esperar daquele marido cuja única competência era fazer mangás. Ao saber que ela estava grávida, ele apenas ficou parado com cara de paspalho, não dava para saber nem se estava feliz ou chateado. Depois, para piorar, perguntou se o filho era dele, o que desencadeou uma verdadeira guerra. Kaori soltou logo os canhões, declarando que queria o divórcio, e tudo que Keisuke pôde fazer foi gritar sos.

Não, não é o que você tá pensando, não é isso, repetia ele como um disco riscado, chorando sem parar. Até que Kaori, cansada de ficar brava, perguntou o que raios então ele quis dizer, se não era o que ela estava pensando. Aí o cara soltou um: "É que eu não acredito".

Ah, pronto, é caso de divórcio mesmo, ela pensou, dando uma risada superior quando Keisuke insistiu que era tudo um mal-entendido. Que tipo de mal-entendido?! Ele falou alguma coisa como: "O que eu não acredito é que alguém como eu possa ser pai". Kaori não se lembrava das palavras exatas porque àquela altura o sangue já tinha subido à sua cabeça.

Keisuke discorreu longamente sobre como era inacreditável que alguém inútil como ele pudesse ser pai. Um lamento típico dele, para quem a vida em sociedade parecia repleta de obstáculos por estar sempre focado só nos mangás.

— Imagine alguém que quase virou um devedor de impostos só escrevendo mangás! — ele exclamou.

Ele tinha um ponto. A renda de Keisuke se multiplicou quando ele publicou seu best-seller, mas, atolado no trabalho, ele perdeu o prazo de declaração de seus impostos e depois empurrou o assunto com a barriga por tanto tempo que acabou como inadimplente, devendo uma soma considerável ao governo.

Na época, Kaori havia ganhado uma bela promoção e se tornado assistente do editor responsável por Keisuke, e sua primeira tarefa foi procurar um contador para resolver aquela inadimplência. Pagar os impostos é um dever de todo cidadão, *capiche*?

O presidente da editora deu instruções discretas sobre isso. Se descobrirem que o autor da nossa série mais famosa é inadimplente a reputação da empresa vai por água abaixo. Outras emergências é possível contornar. Se alguém não terminar um capítulo a tempo da publicação, sempre temos algum extra na gaveta para pôr no lugar. Mas não há original que cubra um escândalo. Então garanta que tudo seja pago, custe o que custar!

Normalmente, o trabalho de alguém na função de Kaori seria pegar com os autores os originais para publicação, mas ela nunca chegou a fazer isso com Keisuke. Suas atividades como assistente editorial foram lidar com o contador, depois resgatar no caos do ateliê os boletos de serviços públicos e despesas e organizar tudo. E no fim ela mesma lançava todos esses registros num livro contábil.

O contador recomendou que Keisuke passasse a fazer a declaração de seus impostos como pessoa jurídica. Quando Kaori retransmitiu essa informação a ele, Keisuke disse apenas "Fique à vontade", ou seja, jogou tudo nas mãos dela. Então ela precisou escolher uma razão social e cuidar de todo o procedimento de abertura da empresa. O resultado foi que, quando a tal série de sucesso chegou ao seu final grandioso, Kaori foi transferida para o departamento de contabilidade. Era de esperar, considerando toda a experiência que ela havia acumulado como assistente editorial responsável por Keisuke.

Depois, quando ela tentou passar para ele as funções administrativas com que vinha lidando, Keisuke ficou horrorizado, fez um drama. Ele fazia muito drama, e sobre os mais diversos assuntos. Disse que não entendia nada da área, que ela não podia jogar tudo da empresa para cima dele.

— Tá maluco? A empresa é sua, foi *você* quem a jogou pra cima de *mim*!

Kaori estava considerando socar a cara do sujeito, afinal não era mais responsável por ele na editora. Mas aí ele começou com um papo de que não saberia o que fazer sem ela e, uma coisa leva a outra, acabou pedindo-a em casamento. Era realmente um sujeito sem muitas habilidades sociais.

Sem dúvida não foi nenhum enredo romântico, não teve nada de "Ah, você não sai da minha cabeça, cada dia penso mais em você".

Tem um porém.

Acontece que Kaori gostava muito dos mangás de Keisuke Tsukuda. Acompanhava o trabalho dele desde antes da série que ficou famosa. E pelo que havia observado durante os anos em que foi responsável por ele na editora, aquele homem não tinha grande competência para a vida em sociedade. Se Kaori o deixasse sozinho, as chances de ele acabar soterrado em questões financeiras era alta, fosse por impostos atrasados, por inadimplência ou quem sabe por algum amigo ou mulher se aproveitar dele.

O pensamento que cruzou a mente de Kaori foi: se isso acontecesse e ela não pudesse mais ler seus mangás, seria uma pena. Levada por esse raciocínio, acabou respondendo que sim, se casaria com ele.

— Como alguém como eu poderia ser pai? — ele continuou choramingando.

Não era questão de poder ou não poder, agora ele ia ter que ser e pronto. No fim, Kaori resumiu a resposta em uma palavra: *Sendo*.

Keisuke disse "Tá bom", porque deve ter percebido que essa era a única resposta aceitável.

No entanto, a gestação inteira de Kaori passou sem provocar nenhum efeito sobre o grau de inutilidade de Keisuke. Ao que tudo indica, o simples fato de uma semente que plantou ter germinado não muda tanto assim uma pessoa.

Quando a filha nasceu e ele foi conhecê-la na maternidade, pareceu mais apavorado do que comovido. Será que dava para dizer que era uma expressão de temor diante do mistério da vida?

O mínimo que Kaori exigiu dele foi que escolhesse o nome. E ficou admirada com a escolha sensível que ele fez, usando um dos ideogramas do nome da mãe no nome da bebê. Pois não é que o homem conseguia pensar como pai? Todos os avós da bebê, maternos e paternos, elogiaram muito o nome escolhido. Era um acordo tácito de reforço positivo para ver se Keisuke melhorava.

Por favor, tenha paciência com ele, pediram os sogros. E Kaori tinha mesmo essa intenção, mas... Ai, Shiori, parece que o caso do seu pai é mais grave do que eu pensava.

— Você pode me explicar o que é que está acontecendo?

Depois de dar mamadeira para a bebê que havia começado a chorar e colocá-la para dormir na cadeirinha de balanço na sala, chegou a hora de discutirem a situação cara a cara.

— Posso. Hum, antes disso, posso abrir?

Ele queria deixar o filhote sair da bolsa de transporte. Era um bichinho laranja, de pelo tigrado. Tinha o nariz rosado, o que deixava adivinhar a cor das almofadinhas das patas. Kaori entendia de gatos o bastante para reparar nisso, porque sua família sempre criara gatos. Inclusive seus pais ainda tinham um.

— Deixa ele aí. — Ela queria dar uma boa prensa no marido, e com um gatinho fazendo charme ia acabar perdendo a determinação. — Quando foi?

Quando, onde, quem, o quê, por quê, como? Até agora, as únicas lacunas preenchidas eram "quem" e "o quê".

Quando e onde Keisuke tinha arranjado aquele gato, e por quê, e como?

— Hã... Faz umas três semanas, acho...

Kaori quase deu um grito. *Tudo isso?!* Mas conseguiu se conter, em parte porque bastou a primeira sílaba para Keisuke se encolher todo, em parte por lembrar que o grito acordaria Shiori.

— Onde?

— Perto de onde a gente coloca o lixo.

O local de coleta do lixo ficava do outro lado da rua, numa diagonal a partir da casa. Que armadilha Keisuke havia encontrado naqueles poucos metros?

— É que você disse pra eu tirar pelo menos o lixo orgânico, não deixar juntar porque estraga...

Certo, Kaori tinha dito para ele tirar pelo menos o lixo orgânico e por isso, três semanas antes de ela voltar, Keisuke encontrou aquele gato no depósito de lixo. Não, não fazia nenhum sentido.

— Fui levar o saco de lixo e alguém tinha abandonado...

Ou seja, não havia a menor necessidade de mencionar a parte de Kaori ter mandado levar o lixo orgânico.

— Estava dentro de uma caixa de mexerica Mikkabi.

Quem precisa de tantos detalhes?

— Fui a primeira pessoa a levar o lixo.

Para Keisuke, notívago como era, o mais garantido era já tirar o lixo de madrugada, antes de ir deitar.

— Cheguei lá cedo e o logotipo da caixa de mexerica chamou minha atenção. Pensei ué, hoje não é dia de reciclável, será que tudo bem deixar essa caixa aí?

Olha só, então ele aprendeu o dia de cada tipo de lixo! Que emoção ver surgir numa pessoa os primeiros brotos de civilidade.

— Aí achei que era melhor desmontar a caixa e dobrar.

Uma preocupação digna de um adulto, mas nesse caso era difícil avaliar se tinha sido boa ou ruim. Um adulto também saberia que, numa situação dessa, o melhor era passar reto com ar de espanto e fazendo *tsc-tsc*, para não acharem que foi você quem violou as regras. Era a abordagem mais comum naquela vizinhança. Aí se você encontrasse alguém, faria um comentário do tipo "Hoje é dia do lixo orgânico, né?", e o objeto ficaria lá até o caminhão de lixo chegar, os lixeiros colariam um aviso dizendo "Não foi possível recolher" e depois a pessoa que largou no dia errado teria que levar embora, humilhada.

— Ao mexer na caixa pensei que ainda tinham deixado duas mexericas lá dentro, mas descobri que uma era um gatinho laranja e a outra, que eu pensei que fosse uma mexerica meio preta, estragada, era um gatinho bem menor, escuro...

— A gente chama esses de "escama de tartaruga".

Keisuke contou que esse, o da pelagem de tartaruga, ainda não tinha nem aberto os olhos, mas já estava até gelado. Devia ser fraquinho por ser tão miúdo.

— Então achei melhor pegar a caixa e levar no veterinário...

O veterinário tinha cuidado dos restos mortais do gatinho escama de tartaruga. Para o gatinho laranja sobrevivente, ele deu leite, depois estimulou a evacuação. Era um animal de pelo bonito, sem pulgas nem carrapatos, então devia ter sido abandonado depois de nascer numa casa, onde uma gata de estimação deu cria e ninguém quis os filhotes.

— Porque se fossem de uma gata de rua o que sobreviveu estaria cheinho de pulga e carrapato.

Disseram que, quando um hospedeiro morre, os insetos pulam para o próximo. No caso, seria o gatinho laranja, um corpo quente dentro da mesma caixa.

— Aí pediram para eu voltar depois do desmame para fazer exame de sangue e de fezes.

Desmame?! Sua própria filha ainda é um bebê de peito!

Mesmo tendo sido mimada na casa dos pais, com todas as necessidades garantidas, Kaori já tinha percebido que cuidar de um bebê de peito era uma tarefa muito desafiadora. E agora, além da bebê, haveria todas as tarefas domésticas, esse marido sem habilidades sociais e mais um gato que ainda mamava? Certamente era demais para uma pessoa só.

Dentro da bolsa, o filhote miou alto e começou a arranhar a fresta da porta. Me tira daqui!

Shhh! Assim eu perco a compostura.

— Não há condições de lidar com dois bebês mamando ao mesmo tempo.

— Tudo bem, Spi já desmamou...

Ei, peraí, você já botou nome? Não pode botar nome, que a gente se apega! Agora lascou. Por que você acha que eu pedi pra você escolher o nome da Shiori?

— De qualquer jeito, precisamos achar alguém pra ficar com ele.

O último recurso seria a casa de seus pais. Lá sempre houve dois gatos e naquele momento havia só um, então tinha vaga disponível. Restava saber se os dois se dariam bem, mas, na pior das hipóteses, podiam deixar cada um em um cômodo. Dá-se um jeito.

Keisuke estendeu a mão para trás e protegeu a bolsa de transporte. Gestos dizem mais que palavras.

— Eu… eu achei que se abandonasse o gatinho seria um fracasso…

— Como assim um fracasso?

— Ah, agora que a Shiori nasceu… — Ele tinha um olhar suplicante. — A Shiori nasceu e achei que se eu largasse um filhotinho desses para morrer nunca poderia ser um pai decente…

Mesmo que você o tivesse deixado lá, não era certeza de que ele ia morrer, pensou Kaori. Mas não foi capaz de usar esse argumento, era capcioso demais. O irmãozinho já tinha morrido logo ao lado, na mesma caixa de mexerica.

Se ele não o tivesse resgatado, o gatinho morreria. Deixá-lo na caixa significava abandoná-lo à própria morte. Em um instante, Keisuke tinha estabelecido essa narrativa como uma verdade incontestável, pondo em ação a sensibilidade que fazia dele o autor que Kaori tanto admirava. Ele nem cogitou a ideia de que outra pessoa poderia pegar o gato e que assim ficaria tudo bem. Esse não era o tipo de lógica que rendia bons mangás, esperar demais dos outros.

Quem tem essa sensibilidade de protagonista não consegue ignorar nem uma caixa no lixo, logo acha que é preciso pegá-la. É uma vida muito diferente da pessoa que não tem potencial para personagem principal, que largaria tranquilamente a caixa de fruta até o caminhão passar, e não sai encontrando gatos abandonados por aí.

— Era um filhote de Schrödinger…

Sem um observador, não seria possível dizer se o gato dentro da caixa estava morto ou vivo. Se fosse Kaori levando o lixo naquela manhã, teria obedecido às regras implícitas da vizinhança e não teria observado coisa nenhuma, nem para um lado nem para o outro. Nesse caso, o gato nem sequer teria passado a existir na linha de universo da família Tsukuda.

Acontece que o autor Keisuke Tsukuda não só observou o fenômeno, como deu até nome ao gato do experimento, fixando-o assim no universo daquela casa.

Olha, melhor você demonstrar a mesma sensibilidade com a Shiori, ou considere-se um homem morto!

— Onde você estava com o gato quando eu cheguei com a Shiori?

— Fui buscar no veterinário… Eles ligaram agora há pouco. — Ele mal pronunciou essas palavras e as lágrimas já estavam rolando pelo seu rosto. Esse tipo de coisa acontecia. Keisuke não era das pessoas mais equilibradas emocionalmente. — É que ontem de manhã Spi começou a vomitar.

Gato é um bicho que vomita bastante. Vomitam depois de comer, vomitam depois de beber, vomitam bolas de pelo… Ainda assim, ver um filhotinho passando mal não é fácil.

— Aí eu reparei que uma das minhas borrachas estava mordida e encontrei pedaços de borracha misturados no vômito.

Ah, aí é caso de médico mesmo.

— Eles fizeram um raio X, ultrassom e não encontraram nenhum corpo estranho. Compararam os pedaços que tinha no vômito com a borracha mordida e concluíram que já devia ter saído quase tudo, que se ainda tivesse algum pedacinho sairia no cocô. Mas disseram que, por via das dúvidas, era melhor deixá-lo lá em observação durante a noite. E aí agora há pouco ligaram dizendo para eu ir buscar, que já estava tudo bem.

Um soluço sacudiu seus ombros.

— Se Spi tivesse morrido, eu... — Keisuke caiu em prantos antes de conseguir terminar.

Pescando as palavras dele em meio às lágrimas, Kaori conseguiu formar a frase "E a culpa foi toda minha, que deixei a borracha largada".

Ela sabia que o marido nunca tivera um bicho de estimação. Se o primeiro gato de sua vida morresse por um descuido seu... realmente, seria um golpe violento demais para a sensibilidade de um protagonista.

O gatinho laranja enfiou a patinha numa fresta da bolsa de transporte. Ainda bem que você é forte, hein!

— Desculpa eu não ter ido te buscar...

— Acontece.

Censurar alguém nessa situação não seria apenas maldade; seria coisa de gente sem coração.

— O nome é Spi?

— Esse é o apelido, o nome é *Spin*.

— De rotação? Tipo, de girar? — perguntou Kaori, rodando um dedo.

Será que o nome se devia ao jeito que o filhote rodopiava ao brincar?

— Foi por causa daquilo ali, ó.

Keisuke apontou um livro de Kaori na mesa de centro. Verdade, ela estava lendo aquele livro antes de ir embora.

Naquele mês inteiro, bem que ele podia ter colocado de novo na estante.

— A primeira coisa com a qual Spi brincou quando abriu os olhos foi com o marcador de página do seu livro.

Eram só alguns centímetros de fita aparecendo na parte inferior do livro. Um marcador de livro, *shiori*, palavra homônima do nome da bebê.

— Spin passou um tempão batendo nele, foi tão fofo...

— Tá bom, pega essa coisa fofa aí pra eu ver.

Keisuke abriu a porta da bolsa de transporte e Spin saiu dando patadas na sua mão. Já estava bem à vontade.

Kaori pegou o bichinho e sentiu o pelo macio de filhote, que ela não tocava havia décadas. Abaixo do fiofó, tão delicado que parecia a marca de uma espátula na argila, não viu as bolinhas.

— É menina?

— Você entende do assunto, hein?

— Spin parece nome de menino.

— Mas é que combina com Shiori.

Ele ter se lembrado da existência de Shiori ao dar nome para o gato já era um feito.

— Olha, Shiori, a sua irmãzinha!

Segurando a gatinha, Kaori a aproximou do rosto da bebê que dormia. Spin fungou a cabeça dela. O cabelo da bebê, assim como o pelo da gata, ainda era só uma penugem macia.

Talvez Spin tenha sentido o cheiro de leite, pois começou a ronronar e tentou alisar com a língua o cabelo da bebê.

Shiori abriu os olhos e voltou o rosto para a gatinha. Pela idade, não deveria enxergar direito, mas ficou olhando com uma atenção surpreendente. Ela ainda não sabia sorrir, mas pareceu ter sorrido.

Essa história de Spin ter comido coisa errada explicava a casa mais arrumada do que Kaori esperava. Depois de ouvir horrores na clínica veterinária sobre gatos que comeram ou beberam algo que não deviam, Keisuke tinha virado a noite arrumando tudo.

— Conforme fui limpando, encontrei muita coisa caída por aí que ela podia ter engolido! Nem sei como ela sobreviveu até agora... Disseram que se o gato engole uma coisa comprida, tipo um fio, tem que fazer cirurgia, abrir a barriga!

Kaori se deu conta de que os Legos e bonecos antes empilhados no aparador da sala agora estavam todos arrumadinhos dentro de caixas de acrílico. Ela havia comprado essas caixas depois de pisar pela milésima vez em uma peça caída no chão e berrar que ou ele guardava aquela desgraça ou ela ia jogar tudo fora. Mas as caixas só ficaram juntando poeira, sem sair da embalagem.

Ou seja: o poder de convencimento de um único filhote de gato foi maior do que uma esposa surtando mil vezes. Não tem jeito. Não há ninguém neste mundo, mulher ou homem, que ganhe de um felino.

— Pensei que as coisas que a Spin podia engolir também seriam perigosas para a Shiori, então quis arrumar tudo antes de vocês voltarem para casa.

Opa, esse homem está mudado mesmo. Apesar da ordem de prioridade às avessas, o importante era que ele tinha conseguido fazer a conexão "perigoso para Spin = perigoso para Shiori".

— Agora falta só o aspirador — disse ele, se levantando. Uma pessoa com autonomia nas tarefas domésticas!

— Talvez seja melhor só passar o *mop* para tirar o pó, pra você não acordar a Shiori.

A bebê tinha voltado a adormecer na cadeira de descanso, com a gatinha lambendo seu cabelo.

— Verdade, a Spi também vai ficar com medo.

Falando nisso… Kaori percebeu de repente:

— Fui eu que comprei essa cadeirinha de descanso?

Ao avaliar o que comprar entre os muitos produtos para bebê, ela se lembrava de ter concluído que esse tipo de cadeirinha não era tão necessário.

— Ah, eu comprei. Pensei que quando a Spi começasse a correr pra todo lado, tinha o perigo de ela pisar na bebê.

Ele contou que, quando a gata abriu os olhos e começou a se mexer mais, se mostrou bem travessa.

— A cadeirinha chegou há uns dois ou três dias, aí já deixei montada. Ainda bem que deu tempo.

— … Você tá até parecendo gente, hein? — deixou escapar Kaori.

Keisuke sorriu sem jeito. Será que era o caso de ficar lisonjeado? Normalmente, um comentário desses deixaria as pessoas bravas…

— É só que eu não quero que nem a Spi nem a Shiori se machuquem ou morram, e tal.

A primeira da lista continuava sendo a gata. Tudo bem, tudo bem, isso era o de menos. Segurança para o gato significava segurança para a bebê, e vice-versa. Dois lados da mesma moeda, o yin e o yang da segurança doméstica.

Spin começou a miar agudo para Keisuke, que limpava o chão com o *mop*.

Um som bem familiar.

— Onde tá a comida dela?

— Na gaveta embaixo do micro-ondas. Vem num saquinho, pode pôr metade e aquecer um pouco — respondeu Keisuke, arregalando os olhos por Kaori ter entendido tão rápido.

— A Shiori faz igualzinho quando tá com fome, é o mesmo choro.

Talvez por não saberem falar, esse choro suplicante pega fundo na gente, como se viesse direto da alma.

Kaori se levantou para ir à cozinha e Spin correu atrás dela, animadinha. Pelo jeito, era bem desinibida. Ou vai ver já tinha percebido que Kaori também era da casa. Dizem que os animais, assim como os bebês, avaliam como se relacionar com desconhecidos a partir da forma como seus familiares agem com eles.

Na cozinha havia um conjunto de potes de comida e água para Spin, com uma bandeja combinando. Ficava claro que Keisuke estava mesmo determinado a criar a gata.

Spin ficou roçando nas pernas de Kaori, fazendo um 8, o rabo espichado para o alto com a pontinha tremendo. Um rabo alegre. Todo rabo de gato — longo, curto ou torto — é bom, mas os compridos são os mais expressivos.

Ela serviu a comida em pasta quentinha e a gata abocanhou tudo com gosto. Talvez tivesse comido pouco no veterinário, de nervoso.

Olhando de cima, eram duas bolinhas de pelo, a cabeça e o corpo, com orelhas na bolinha menor. Esse bicho é um milagre, devia ganhar um prêmio de design. Dá vontade de ficar olhando para sempre, ainda mais os filhotes, que logo crescem.

— Não, não, sua ladra de tempo!

Agachada ao lado da gata, Kaori voltou a si e ficou de pé, anunciando:

— Vou dobrar as caixas do corredor.

Mas Keisuke a deteve.

— Você deve estar cansada da viagem, vai deitar um pouco. Se a Shiori chorar eu te chamo.

Ele estava mesmo parecendo gente! Chegava a dar medo.

Kaori aceitou a sugestão e foi para o quarto, onde encontrou um cenário diferente do habitual. As duas camas do casal tinham mudado de lugar, para que o berço coubesse encostado na parede logo ao lado da porta. Uma disposição que levava em conta a movimentação necessária nos cuidados cotidianos. Ela havia deixado claro que se Keisuke não montasse o berço seria um homem morto, e ele fora aprovado com louvor.

A roupa de cama continuava a mesma de quando Kaori fora viajar, ela sentiu seu próprio cheiro na fronha. Mas isso não era nada. Mesmo antes da chegada de Shiori, eles já usavam camas por preguiça de dobrar e estender os futons todo dia, e Kaori não podia se orgulhar da frequência com que trocava os lençóis. Se numa roda de conversa começassem a falar sobre o melhor intervalo para trocar as capas de edredom, ela era do time que desconversava e ia embora.

Pouco depois de deitar na cama, Kaori escutou o *tec-tec* seco de patinhas no chão. Ficou atenta. Será que ela vem, será que não vem? Sentiu algo se movimentando no chão e depois se afastando de novo, *tec-tec-tec*.

Ficou surpresa ao ver como a presença de um bichinho circulando livremente pela casa aquecia seu coração. Quem sabe ela tinha passado tempo demais sem gatos?

Desconfiava que, para um bebê, não seria nada mal crescer com o coração quentinho desse jeito.

Todo dia era preciso aparar as unhas de Shiori. Unhas de bebê são como navalhas bem fininhas, com um milímetro já começam a cortar a pele de seus cuidadores. O colo da mãe, por exemplo, fica todo lanhado. E o mais preocupante é que o bebê pode machucar a si mesmo ao agitar mãos e braços. Shiori ainda não se mexia muito, mas já levava as mãos ao rosto.

Cortar aquelas unhas minúsculas, do tamanho de cristais Swarovski — não, menores que eles —, era uma tarefa apavorante. O tamanho da pequeníssima tesoura de unha infantil era inversamente proporcional à responsabilidade que se sentia ao empunhá-la.

— Credo, que aflição… — gemeu Kaori, vencida por essa pressão.

Keisuke levantou os olhos do desenho a lápis que estava fazendo em um caderno que usava para sketches e ideias rápidas. Havia sempre alguns deles pela sala, e volta e meia ele pegava um para levar consigo. Eram recursos preciosos, pois muitas vezes esses rascunhos acabavam virando material para um mangá.

— Quer que eu corte?

Sério? Depois de três anos de casado, finalmente a autonomia estava dando as caras.

— Pode ser só o que der.

Você tinha que observar com cuidado o humor da bebê, e se conseguisse uma brecha para cortar duas ou três unhas já estava no lucro. Mais um motivo pelo qual aquela se tornara uma atividade diária.

Keisuke pegou Shiori no colo, se ajeitou sentado de pernas cruzadas no chão e preparou a tesoura.

— Não corta demais, hein? Cuidado.

— Acho que vai dar certo.

A parte do "acho" era um pouco preocupante, mas ele se revelou um talento. Aproveitava cada instante em que o pequeno punho fechado se abria para agarrar um dedo, e assim foi cortando. Uma unha, duas. Depois três e quatro.

— Uau, você é bom nisso!

— É mais fácil do que colar retícula.

Agora as obras de Keisuke Tsukuda eram feitas em formato digital, mas nos tempos analógicos ele era conhecido pelo trabalho impecável com retículas.

— Não acredito! Você é mais jeitoso que eu!

— Só nessas coisas, né... E é mais fácil que as unhas da Spi.

Falando na Spin, ela estava deitada no sofá, de pança para o ar.

— Unha de gato filhote é uma arma letal!

Se as unhas de um bebê são navalhas, as de um gatinho são anzóis afiados. Por serem tão fininhas, penetram fundo. Na época em que o tendão se desenvolve e eles começam a expor e retrair as garras, os músculos das patas também já estão fortes, então agarram sem piedade, como quem finca um pitão.

— E dizem que as unhas dos gatos crescem em curva, então se você deixar crescer podem acabar entrando na almofadinha da pata, não é? Eu pesquisei depois que a Spi apareceu.

— É, se não cortar nunca, pode acontecer, porque gatos criados dentro de casa não gastam tanto as garras quando caminham.

Além disso, alguns espécimes têm mais tendência a ter unhas encravadas.

— Só de imaginar uma unha entrando naquelas almofadinhas rosadas dá vontade de chorar.

— Sei, mas será que agora você pode se concentrar nos dedinhos rosados aí na sua frente, por favor?

— E se a gente corta demais a unha do gato pode sangrar, né? A Spi não gosta de cortar, fica querendo brincar, então dá muito medo.

— Escuta, se você cortar demais as da Shiori eu te mato.

Por via das dúvidas, Kaori achou melhor mostrar um cartão amarelo. Mas os gestos de Keisuke passavam confiança.

— Perto da Spi, a Shiori é muito calma e boazinha. Assim é fácil.

Sempre a gata. A gata continuava em primeiro lugar. De qualquer maneira, o resultado foi que, enquanto tagarelava, Keisuke cortou todas as unhas das mãos e dos pés, e assim se tornou o responsável oficial pela manicure infantil.

A gata trouxe muitos outros resultados bons.

Um recém-nascido mama a cada duas ou três horas, impiedosamente, inclusive à noite. Era só o tempo de você deitar e adormecer que a sirene do choro recomeçava. O leite de Kaori havia secado enquanto ainda estava na casa dos pais, então, ao ouvir a sirene, ela já ia se arrastando para fora da cama para preparar a fórmula. Mas Keisuke também acordava e se levantava.

— Fica deitada, eu preparo.

Muito gentil ele, mas como ninguém consegue voltar a dormir com um barulho desse, ela tirava Shiori do berço e a acalentava.

Dava para ouvir, pelo corredor, os ruídos que vinham da cozinha.

Durante sua gestação, as colegas de trabalho que já tinham filhos botaram medo em Kaori, dizendo que os maridos nunca acordavam à noite, que nem adiantava contar com eles para a batalha noturna. Mas até agora não tinha acontecido de Keisuke ignorar a sirene de bebê e continuar dormindo.

— É que a Spi… — Foi sua explicação.

Lá vinha a gata, de novo.

Como Spin tinha sido abandonada antes de desmamar, ela precisou passar duas semanas tomando leite depois que Keisuke a resgatou. Ele contou que ela tinha o mesmo timer de duas horas e que a sirene de gato era aguda como um apito de máquina, impossível de ignorar. E que, na verdade, comparado com o choro da Spin, o da Shiori era até delicado.

Se Keisuke não cuidasse muito bem, ela podia morrer, então...

Ele fazia o serviço completo: preparava o leite na temperatura ideal, massageava a bundinha com um lenço umedecido em água morna para estimular a excreção, depois dava a mamadeira com a gatinha deitada em pose de esfinge — pois se ela mamasse de barriga para cima corria o risco de o leite ir para as vias aéreas — e, para finalizar, ainda esterilizava a mamadeira com água fervendo. Impressionante.

Kaori convivera com gatos a vida toda na casa dos pais, mas nunca havia cuidado desse jeito de um filhote. Sempre deixara tudo a cargo de sua mãe.

Pelo visto, as pessoas mudavam muito na presença de uma bolinha de pelos totalmente indefesa, com a qual qualquer erro seria injustificável.

— Você se saiu bem, hein?

Esse comentário cheio de significado fez Keisuke sorrir sem jeito.

— Ah, é que hoje em dia tem o Professor Google, o Yahoo Respostas...

Vencida pela curiosidade, Kaori resolveu espiar o histórico de navegação no tablet que os dois compartilhavam. E descobriu todo um circo na conta pessoal de Keisuke no Yahoo Respostas.

AUTOR: Resgatei uma gatinha e o veterinário falou para usar gaze estéril úmida para ajudar ela a fazer xixi. Mas não tenho essa gaze em casa. O que eu faço?

COMENTÁRIO: Pode usar lenço de papel, tudo bem.

COMENTÁRIO: Se você morar com alguma mulher, tem aquele algodão de passar cosméticos? Dá para comprar em loja de conveniências também.

COMENTÁRIO: Só não pode umedecer com água fria, tem que ser morna! Se não a gatinha pode se resfriar.

AUTOR: Oi, aqui é quem perguntou sobre o xixi de gato, tenho mais uma pergunta. A gatinha não quer tomar o leite... Quando ofereço a mamadeira ela vira a cara. E agora?
COMENTÁRIO: A temperatura do leite está boa? Tem que ser um pouco mais quente do que a pele (entre 38 e 40 graus). Você pode testar no pulso.
COMENTÁRIO: O leite não está frio demais? Dissolve o pó em água fervida resfriada, depois sacode a mamadeira até a temperatura ideal.
AUTOR: Água fervida resfriada? Como assim?
COMENTÁRIO: Dá um google, cara.
COMENTÁRIO: Primeiro você ferve a água, depois deixa esfriar um pouco. Ela fica nuns 70 graus. Aí você faz o leite e põe a mamadeira na água corrente para esfriar mais.
AUTOR: Se o ideal é 40 graus, não posso só pôr no micro-ondas e esquentar até essa temperatura?
COMENTÁRIO: Tem que ferver primeiro, porque tira os minerais e a alcalinidade.
COMENTÁRIO: Tá querendo matar esse gato, é?
COMENTÁRIO: Você pode programar a chaleira elétrica para ficar em 70 graus. Assim ela ferve a água e depois mantém na temperatura certa.
AUTOR: Não sabia que a chaleira tinha essa função! Vou olhar.
COMENTÁRIO: Você nunca usou uma chaleira elétrica??
AUTOR: Minha esposa é que costuma fazer essas coisas aqui em casa... Mas agora ela não está, foi para a casa dos pais para ter bebê. Estou cuidando sozinho da gata até ela voltar.

COMENTÁRIO: Meu deus, coitada dessa esposa.

COMENTÁRIO: Certeza que depois ele vai querer que ela cuide de tudo. Isso aí vai dar divórcio.

AUTOR: Vai mesmo?

COMENTÁRIO: "Te vejo na vara da família." — Assinado, sua esposa.

COMENTÁRIO: Que nada, aposto que antes da esposa chegar ele mata esse gato.

AUTOR: Não quero matar ela. Então o que devo fazer com o leite? É pra esfriar ou esquentar?

COMENTÁRIO: Decide sozinho! Como é que a gente vai saber se o seu leite tá quente ou frio?

COMENTÁRIO: Será que é fake?

COMENTÁRIO: O melhor é preparar outro, desde o começo. Para de postar aqui e vai logo.

COMENTÁRIO: É fake, tô dizendo. Esse gato aí nem existe.

COMENTÁRIO: Bom, se não for fake, tem um filhote correndo risco de vida. Eu estou respondendo pensando num gato que *pode existir*.

O post acabou bombando, virou uma bagunça, com respostas sérias no meio de piadas, todo mundo discutindo se o tal gato existia ou não. Depois de muito debate, a conclusão coletiva foi que o autor precisava abrir o jogo com a esposa.

Meu marido deu trabalho, hein? Sinto muito, pessoal.

AUTOR: Desculpem, sou eu de novo, o cara do xixi de gato. Parece que acabei ficando com esse apelido...

Muito obrigado pelos conselhos sobre o leite no outro dia. Agora ela está fazendo xixi direitinho todos os dias, mas ainda não vi nenhum cocô. Será que ela está doente?

COMENTÁRIO: Ela está tomando bem o leite? Se estiver, não precisa se preocupar. Gatos filhotes fazem um cocô muito fininho, você não deve ter reparado.
COMENTÁRIO: Esse leite especial pra filhotes é praticamente 100% absorvido. Pode acontecer de nem fazerem cocô enquanto estão só tomando leite.
COMENTÁRIO: Quando você estimula a excreção, nunca viu um fio meio amarelo no lenço? Aquilo é o cocô.

E, aproveitando, você já falou pra sua esposa?
AUTOR: Ah, um fiozinho amarelo!! Então aquilo é cocô?

Ainda não consegui contar para a minha esposa…
COMENTÁRIO: Fala de uma vez. Mas e se ela ficar brava e te mandar jogar a gata na rua??
AUTOR: Minha esposa não é dessas. Ela não faria nada de mau com um gatinho.
COMENTÁRIO: Ué, então fala logo.
AUTOR: Mas eu sei que ela vai ficar furiosa…
COMENTÁRIO: Isso é o que a gente chama de "lidar com as consequências dos seus atos".
COMENTÁRIO: Pode ser que ela só queira pôr pra adoção.
AUTOR: Isso já seria horrível, me separar da gatinha depois de tudo! Minha esposa volta com a bebê na semana que vem, quero dar um jeito de falar com ela antes disso.
COMENTÁRIO: Tô vendo que você é do tipo que empurra os problemas com a barriga.

Se eles soubessem que foi exatamente esse hábito de empurrar as coisas com a barriga que quase fez Keisuke ficar inadimplente…

COMENTÁRIO: Minha aposta é que ele não vai falar nem a pau. Aposto um milhão de dólares zimbabuanos.

O tempo ainda iria mostrar que quem fez esse comentário podia ter apostado em ienes mesmo.

Depois desse comentário sobre os dólares zimbabuanos, só havia uma ou outra resposta dizendo algo como "Que será que aconteceu com o Xixi de Gato?", "A essa altura deve estar no tribunal resolvendo o divórcio".

Um som de patinhas veio subindo a escada, *tec-tec-tec*.

— Oi, Spi, você por aqui?

Keisuke devia ter aberto a gaiola onde ela ficava durante a noite, na sala. Quem sabe ele pretendia ficar acordado e trabalhar. Ainda não estava na correria do fechamento, mas Kaori lembrava que ele tinha um mangá curto para desenhar.

A gatinha apoiou as duas patas na canela de Kaori e farejou o ar, interessada. Sempre ficava preocupada quando Shiori chorava. Durante o dia costumava se aproximar da bebê quando ela estava em um lugar acessível. Como Spi não parecia incomodar, começaram a usar mais o tapetinho, além da cadeira de descanso. Nessas horas, a gata tratava a bebê com muita familiaridade, se enrodilhando ao lado dela ou lambendo seu cabelo.

Mentalmente, Kaori informou a todos que haviam comentado no post: elas estão se dando bem, pessoal. Obrigada pela preocupação.

— Desculpa a demora.

Keisuke chegou trazendo a mamadeira. O leite estava sempre na temperatura perfeita. Amamentar um gato tinha sido uma ótima prática para depois cuidar de um bebê.

Assim que Kaori ofereceu a mamadeira, a sirene foi substituída pelo som de goles vigorosos.

— Olha só, Spi, a Shiori tá tomando todo o leite dela! Muito bem…

Keisuke pegou a gata e a levantou até a altura da bebê e Spin acertou a mamadeira com a pata aberta. Talvez estivesse atraída pelo cheiro de leite.

— Ei, você já desmamou!

Ela já tinha dentes o bastante para destroçar o bico da mamadeira. Crescia muito rápido, comparada com os humanos.

— Você vai trabalhar?

— É, vou aproveitar, já que estou de pé.

Ele sempre tinha sido notívago, o que ajudava bastante. Enquanto Kaori estava de licença-maternidade eles podiam se dividir, um ficar no turno da noite e o outro no do dia.

— Quero ver se avanço um pouco no enredo da série nova. Mas tá difícil…

Era um assunto um pouco delicado. Desde aquela obra de sucesso, vários anos antes, Keisuke não tinha mais emplacado nenhuma série longa. Mesmo quando publicava alguma coisa com boa repercussão, não durava mais do que alguns volumes. Os editores ainda tinham expectativas, pensavam que ele podia criar algo até melhor do que seu hit anterior, mas a internet andava cheia de comentários cruéis dizendo que daquele mato não saía mais cachorro. E Keisuke não tinha determinação suficiente para resistir ao impulso de pesquisar seu próprio nome. Na verdade, esperar que qualquer artista não fosse ver o que se falava dele on-line era ignorar a natureza humana. Artistas são gente, e todo mundo deseja saber o que os outros acham daquilo que você criou. Mesmo que mandem você não olhar, não deve haver no mundo muita gente capaz de ignorar esse impulso.

Com isso, até a abordagem das editoras havia mudado bastante. Antigamente, só diziam para os autores não se importarem com as bobagens que as pessoas postavam, e tentavam encerrar o assunto por aí. No entanto, o que acontecia era que os artistas se aventuravam sozinhos pela rede e, levados pela correnteza, acabavam destruídos. Principalmente os menos experientes, embora os de status mediano também sofressem. Os tempos haviam mudado muito desde a época em que os editores podiam simplesmente jogar as cartas negativas no lixo e cobrir seus autores de elogios. Depois de perderem alguns talentos para os *haters* da internet, finalmente compreenderam que era preciso apoiar seus artistas de forma mais atenta e proativa.

Ainda que Kaori tivesse acabado com mais experiência em contabilidade do que com edição propriamente dita, no seu âmago ela ainda era uma editora.

— Eu sou fã dos mangás do Keisuke Tsukuda. — Afinal, não foi por isso que ela casou com esse homem? — Compro qualquer coisa que ele lançar, não importa o gênero.

Seu sucesso anterior era um mangá cheio de lutas e superpoderes. Mas Kaori leria qualquer coisa que ele escrevesse, fossem comédias românticas ou mangás sobre o cotidiano no trabalho.

— Acho que não precisa ser necessariamente ficção científica.

Keisuke já tinha escrito uma minissérie de comédia romântica adolescente que Kaori achou muito boa. Desconfiava que ele se sairia bem com uma temática mais realista.

— Assim dá pra ver as minhas intenções, né? Fica óbvio que eu quero permanecer na área que mais domino só pra ver se emplaco uma série longa...

— Acho que é melhor não esquentar tanto a cabeça.

Todo esse planejamento não combinava com ele. Keisuke era do tipo que encontrava veios preciosos cavando onde lhe dava na telha.

Quando a conversa já estava ficando com um clima de consultoria, Shiori terminou de mamar.

— Pronto, agora é hora do arroto... — disse Kaori, afagando as costas da bebê e a balançando de leve. Num gesto habitual, Keisuke pegou a mamadeira que ela deixara de lado e se levantou. Estava muito bem treinado.

— Vou lá pro escritório, tenta dormir.

— Obrigada.

Os passos se afastaram, *toc-toc*, seguidos pelo *tec-tec* da instrutora responsável por um treinamento tão efetivo. Ela era mais apegada a Keisuke graças às três semanas de vantagem que ele tivera.

Quem preparou Kaori foi a parteira. A sua mãe, que não cuidava de bebês havia muito tempo, fora a assistente de instrução, enquanto a parteira, como instrutora sênior, martelava na sua cabeça o básico necessário para cuidar de um bebê pequeno.

Mesmo que o bebê chore, nunca se deve abrir mão de ir ao banheiro, comer e se arrumar.

É normal que mães de primeira viagem queiram largar tudo e sair correndo no segundo em que o filho chora, mas a parteira disse que era preciso priorizar o banheiro, a alimentação e os cuidados consigo mesma. Afinal, se o bebê está chorando é porque está vivo.

Nas horas graves *de verdade*, os bebês não choram, lutam pela vida em silêncio (não era uma ideia muito reconfortante...). Ou, mesmo que chorem, é um choro muito diferente.

Por isso, explicou ela, é bom ouvir o bebê chorar no dia a dia, para conseguir distinguir entre o choro cotidiano e os que anunciam alguma emergência. Além disso, essas três coisas ninguém consegue fazer pela mãe. Então, é importante aguentar firme e, mesmo pensando "Uau, como ele chora!", continuar indo ao banheiro, fazendo suas refeições e passando um batonzinho que seja.

Sério?!

Kaori não colocaria "se arrumar" na lista de prioridades, mas a parteira disse que um bom equilíbrio emocional era fundamental para cuidar de um bebê.

Além disso, se você não estiver com uma roupa decente e alguém aparecer de surpresa, fica complicado. Assim, a recomendação era estar sempre vestida de forma a poder receber o carteiro ou uma visita sem problemas.

Segundo a parteira, não era raro as mães acabarem tendo uma infecção urinária de tanto segurar o xixi ou ficarem anêmicas por dar de mamar sem elas mesmas se alimentarem direito. Uma mera visita de rotina ao médico já é uma empreitada quando se está acompanhada de um bebê pequeno. Se numa hora dessas a mãe tiver uma tontura com a criança nos braços, pode causar um acidente grave.

Ou seja, é imprescindível que a mãe cuide da própria saúde, inclusive para proteger o bebê. Muitas mães de primeira viagem passam a gestação atentas a tudo o que comem e bebem, mas depois do parto se esquecem de si mesmas.

Para Kaori, assim como para qualquer mãe novata, todo choro de sua bebê soava como um alarme da maior urgência. Mas, com esforço, ela tinha criado o hábito de priorizar aqueles três autocuidados. Tanto que, no fim, já conseguia acompanhar sua mãe em um chá depois da refeição, tendo o choro da bebê como trilha sonora. Até hoje, felizmente, não escutara nenhum choro além do habitual, mas acreditava que seria capaz de distinguir um do outro se fosse necessário.

Graças a tudo isso, havia voltado para casa acreditando que daria um jeito de manter aquela criança viva, mesmo com a presença de seu marido incompetente. E, no fim, acabou sendo mais fácil do que esperava.

Ela devia muito à instrutora Spin.

* * *

Assim como a maioria dos bebês, Shiori veio equipada com um botão nas costas garantindo que, se ela estivesse cochilando no colo e você tentasse transferi-la para o berço, ela acordaria berrando em um milésimo de segundo.

Mas o ser humano é muito adaptável, pode aprender até a passar um *mop* no chão com a mão direita enquanto segura a bebê dormindo com a esquerda, como se fosse a coisa mais simples. Depois de um tempo nessa toada, Kaori já estava ficando com um bíceps maior que o outro, porque, como o pescoço de Shiori ainda não estava firme, ela usava o braço dela como travesseiro. Com quase cinco quilos, já era uma criatura sólida, passava mais confiança. Não era mais tão frequente Kaori se apavorar pensando que a bebê podia ter morrido discretamente.

Spin, que alcançara a solidez física numa velocidade impensável para os humanos, agora treinava ficar em pé em duas patas e começava a escalar as cortinas de renda até o topo. Não era uma habilidade desejável para um gato. E o pior era que subir ela subia, mas depois não conseguia descer. Ficava pendurada lá no alto, miando. Seus miados não eram um pedido de socorro, mas uma ordem: ponham-me no chão.

— E quando ela ficar mais pesada? Será que as garras não vão enganchar na cortina e soltar da pata?

— Quer mesmo saber? — disse Kaori com uma risadinha. — Quem vai se dar mal é a cortina.

Na casa de seus pais, as cortinas ficavam em frangalhos sempre que chegava um filhote novo. Eles conseguiam destruir até as telas de mosquito. Cortinas novas não são tão caras, desde que você não seja muito exigente com as estampas, mas trocar as telas das portas e janelas pesa no bolso.

— Será que a gente devia mudar pra persianas?

— É pior, ela ia quebrar uma por uma.

A família de Kaori já tinha tentado de tudo e concluído que objetos de decoração não são feitos para quem tem gato em casa.

— Será que faço um almoço? — perguntou Keisuke, preocupado com o fato de Kaori estar servindo de berço havia quase uma hora.

— Tudo bem, já, já eu ponho ela na cama e ativo o botão.

Um oferecimento gentil, mas na cozinha Keisuke não havia avançado para além da categoria de comidas que ficam prontas com água fervente em três minutos, e Kaori não podia mas nem ver um *cup lamen* pela frente. Ela também não era nenhuma chef, mas lembrou que tinha macarrão *udon* congelado no freezer. Dava para preparar no estilo *kamadama*, era só esquentar no micro-ondas, juntar ovo e shoyu. Ela podia até botar uma cebolinha, para a coisa ficar fina de verdade. E na hora de servir podia colocar alga picada ou gergelim moído. Ou até queijo ralado, que dava mais corpo e um toque ocidental. Ah, e se fosse para encorpar também tinha pedacinhos de massa de tempurá…

Enquanto buscava um ponto de equilíbrio entre a vontade de fazer a refeição o mais rápido possível e a vontade de comer algo gostoso, Kaori se preparou psicologicamente e ativou o botão da filha. Foi só as costas da bebê roçarem no futon para ela já acordar berrando, com uma expressão no rosto que dizia: "Até tu, Brutus?!".

— Se ela está chorando, é porque está viva.

— Se está chorando, não morreu.

Eles tinham criado o hábito de trocar essas frases de encorajamento.

Foi então que Spi chegou com seus passinhos, *tec-tec-tec*. Kaori pensou que ela ia lamber o cabelo da bebê, como costumava fazer. Mas em vez disso a gata enfiou a cara na lateral da barriga de Shiori, que, pega desprevenida por esse ataque-surpresa, soltou um *ahahaa* e um *hehehee* com uma voz engraçada.

Spin seguiu em frente, amassando o flanco da bebê com as patinhas. Os dois adultos, ao ver esse inesperado combo fofo, suspiraram com exclamações de ternura.

Em seguida, correram para pegar seus celulares e tiraram foto atrás de foto. Depois de algumas dezenas de *click click*, perceberam que era caso de vídeo, mas, quando se deram conta, Shiori tinha parado de berrar. Seu olhar foi ficando perdido, até as pálpebras se fecharem com delicadeza.

Dois murmúrios soaram em coro:

— Não acredito!

Passado algum tempo, Spin também foi parando com sua amassadinha e caiu no sono.

Depois de aproveitar bem a fofura daquela cena, Kaori se levantou discretamente e foi para a cozinha na ponta dos pés.

Esquentou o *udon* no micro-ondas, misturou com ovo e shoyu, picou cebolinha e cobriu tudo com bastante queijo ralado. Para decorar, escolheu pimenta-do-reino moída. *Udon* congelado estilo carbonara ao cair da tarde. Os dois misturaram bem com os hashis e atacaram.

Não daria para servir em um restaurante, mas como almoço de um casal correndo entre uma bebê de colo e uma gatinha, não estava nada mal.

Depois disso observaram várias vezes a mesma cena, Spin ninando Shiori com a amassadinha. Quando ela começava, era certeza de que Shiori acabaria dormindo. Consideraram a possibilidade de a bebê ter, além do botão de despertar nas costas, um botão do sono no flanco, e tentaram reproduzir, com as mãos, aquelas amassadinhas em Shiori. Mas só funcionava quando Spin fazia. Será que eles não tinham conseguido imitar o movimento elaborado da gata de pisotear e agarrar com os dedinhos? Ou será que a bebê captava a ansiedade deles, o desespero de quem queria que ela dormisse de uma vez?

De qualquer maneira, quando ela dormia era a oportunidade para cuidar da casa. Numa dessas ocasiões, Kaori estava passando um pano no andar de cima quando Keisuke subiu a escada correndo atabalhoado.

Já estava pronta para recebê-lo com uma bronca, dizendo que ele ia acordar a bebê, mas nem teve tempo, pois ele já chegou se lamentando:

— Kaori, socorro, e agora?

— Que é que foi?

— Olha!

Ele mostrou o tablet, com o navegador aberto no Yahoo Respostas. Alarmada, Kaori viu postada ali uma série de desenhos, num traço bem familiar, com um bebê dormindo e um gatinho. Eram Shiori e Spin, sem sombra de dúvida.

Sem nem pausar para discutir com Keisuke, ela rolou a página para ler a conversa.

> AUTOR: Pessoal, muito obrigado por terem me ajudado há algum tempo. Graças a vocês, hoje a gatinha é parte da nossa família. Ela e a bebê se dão muito bem! Como agradecimento, vou postar alguns desenhos.
> COMENTÁRIO: Nossa, o cara manda muito!
> COMENTÁRIO: Que bom que deu tudo certo. Você desenha muito bem!
> COMENTÁRIO: Tô achando que isso não é de amador…

COMENTÁRIO: É profissional, será? Ilustrador? *Mangaká*?

COMENTÁRIO: Pra ter essa autoconfiança de oferecer os próprios desenhos como agradecimento... pode bem ser.

COMENTÁRIO: Homem, casado, que acabou de ter filho... Não deve ser autor de mangás pra meninas, né?

A partir daí, vinha uma sequência de tentativas de adivinhar o autor do post. *Aaai, não.*

Kaori correu os olhos pela lista, mas até então ninguém tinha mencionado Keisuke Tsukuda. Era difícil identificar o artista só por aqueles sketches simples. Ainda bem que ele não usava o próprio nome nas redes sociais. Se postasse com frequência rabiscos rápidos como aqueles, saberiam na hora. Ela deu um croque em Keisuke.

— "Como agradecimento, vou postar alguns desenhos"?! Mas que ideia!

— Eu só queria agradecer pela ajuda...

— Você precisa ter noção de que, quando o assunto é desenho, você está muito fora da curva!

— E agora? Será que eu apago enquanto meu nome ainda não apareceu?

Seria melhor apagar ou não? Aquilo era a essência do gerenciamento de crise on-line. Vamos lá. Um desconhecido, estamos falando de um desconhecido, finge que isso não tem nada a ver com você, pensou Kaori. Era preciso avaliar a situação friamente, como se ela fosse uma terceira pessoa desinteressada.

— Melhor não apagar.

Ela chegou a essa conclusão com muito esforço, tentando impedir que o nervosismo de quem estava pessoalmente envolvida atropelasse tudo. Se ele apagasse, as pessoas iam perceber que tinham acertado um nervo com a teoria do artista famoso. Por outro lado, se deixassem como estava, mesmo que alguém mencionasse Keisuke Tsukuda, seria só um nome entre muitos candidatos.

— Você nunca mais nem chegue perto dessa conversa, hein? E está proibido, pelo resto da vida, de usar as redes sociais como artista.

— Ah, pode deixar, isso eu não vou fazer. Credo.

O maior medo de Keisuke, com sua inabilidade social e falta de estrutura emocional, era interagir com seus pares na internet. Dessas características até que ele era bem consciente. Sabia que era desligado e que a chance de dar um fora era altíssima. Então abriu contas em todas as redes sociais com o mesmo nome, @K_lurker, deixou tudo privado e nunca postou nada.

Sendo tão ruim em navegar pelas entrelinhas da internet, para Keisuke ter postado uma pergunta no Yahoo ele devia estar realmente desesperado. E, como resultado disso, num único post tinha conseguido fazer uma sequência de perguntas tão absurdas que pareciam fake e terminara quase expondo sua identidade.

Quando Kaori acabou de limpar o andar de cima e desceu, encontrou o marido enrolado feito um tatu-bola ao lado do futon da filha, dormindo. O pavor de ser desmascarado deve ter sido tamanho que o deixou exausto.

Ela ficou com dó de acordá-lo e deixou a faxina do primeiro andar para depois. A máquina de lavar roupa já estava trabalhando. Então reparou num caderno em um canto da sala e supôs que estivesse ali a origem dos desenhos. Provavelmente nas páginas mais recentes...

Os olhos de Kaori chegaram a arder. Ou será que foi o peito?

Ah... Ele virou mesmo um pai.

ニャー
バシッ

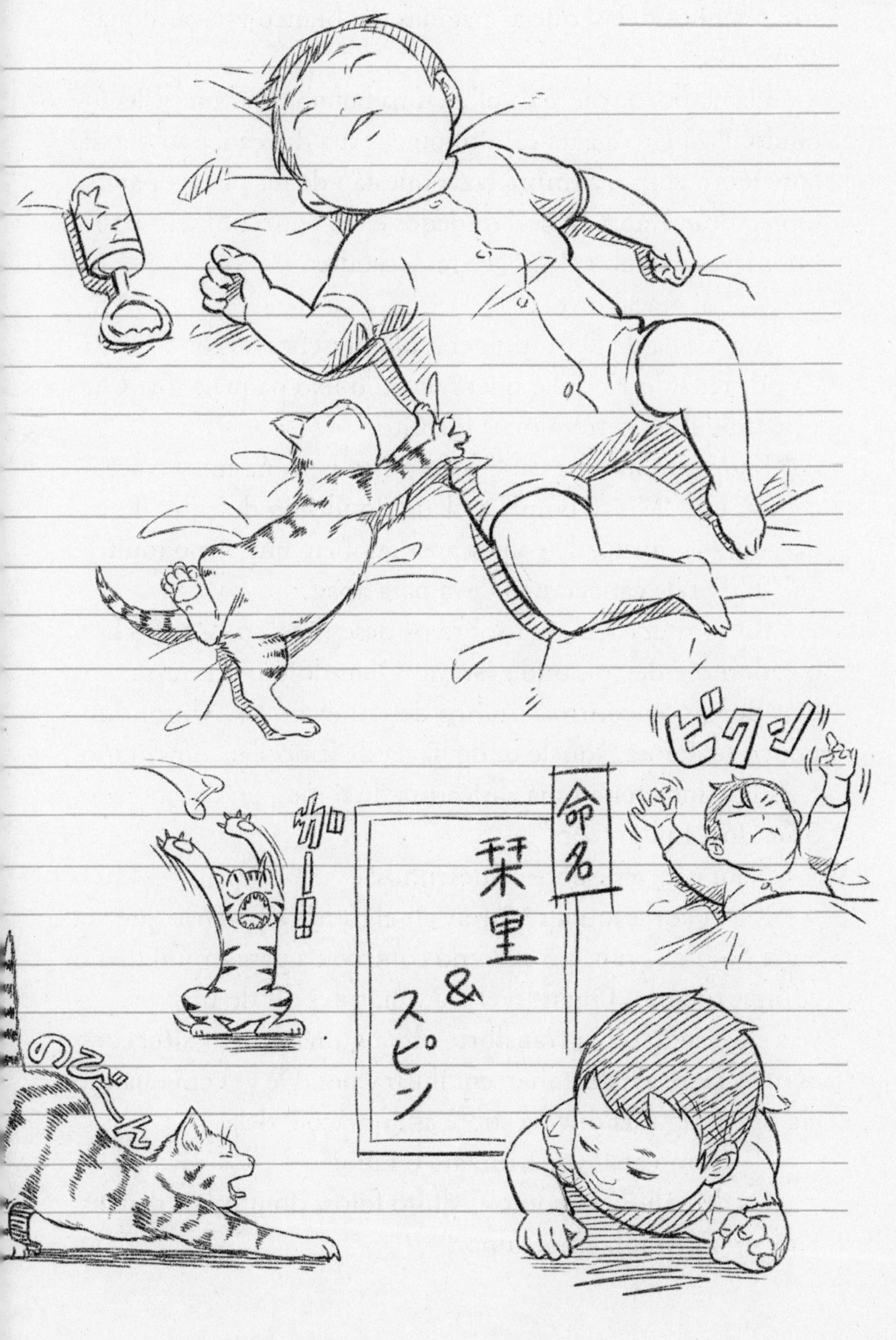
命名
栞里
&
スピン
ビクン
ガー!!
のび〜ん

O caderno estava replcto de Shioris e Spins. Tantos, tantos desenhos delas, que as páginas em branco estavam quase acabando.

Ela notou, de canto de olho, uma bolinha marrom se levantando. Primeiro a gata caminhou em sua direção, e só depois arqueou o corpo. Sempre fazia questão de ter plateia para se espreguiçar. Kaori estalou os dedos e ela veio, com seus passinhos leves e o rabo alegre, estremecendo.

— Foi graças a você!

A gatinha de Schrödinger, cuja presença só foi observada por ter sido Keisuke quem levou o lixo naquele dia. Que Princípio da Incerteza mais fortuito.

Kaori pegou uma caneta do porta-lápis na mesa e acrescentou um "Muito bom!" ao lado do último desenho do caderno. No embalo, deixou escapar também um "Amo muito".

Ih! Foi de caneta, não dava para apagar.

Bom, tudo bem, era sobre os desenhos, só isso. Fechou o caderno e deixou onde estava. Quando espiou outra vez, dias depois, encontrou muitos desenhos novos. Voltou, um pouco temerosa, àquele onde havia deixado seu comentário. Keisuke tinha feito uma caricatura de si mesmo, encabulado, dizendo: "Eu também".

Não, não, era sobre os desenhos!

Kaori começou a registrar ali algumas situações que via entre Shiori e Spin, e o caderno começou a parecer um diário compartilhado. Quando ela ia olhar depois de uns dias, às vezes Keisuke tinha transformado algumas dessas situações, as mais fáceis de desenhar, em ilustrações. De vez em quando ele tirava alguma dúvida sobre as anotações dela:

— Como assim apertou até o rabo?

Os desenhos eram fofos. Muito fofos. Bonitinhos demais. Um amor. Amor, amor, amor.

As páginas iam sendo preenchidas com aquele desfile de amor. Começaram um novo caderno. Desde a primeira página, uma enchente de amor.

Shiori dobrou de peso. As fraldas passaram do tamanho RN para o tamanho P. Ela firmou o pescoço. Começou a sorrir.

Uma fralda de cocô vazou, que catástrofe. Vontade de chorar. Parece que os olhos dela estão acompanhando a Spin, será que já está enxergando? Hoje ela me olhou direitinho nos olhos, está enxergando, sim!

Enfim a cortina de renda rasgou. Três marcas de unha, de cima a baixo. Spin começou a comer ração seca. O cocô ficou preso na bunda e ela saiu correndo desesperada pela casa. Vontade de chorar. Dormiu com a cabeça entre as pernas de Shiori, usando a fralda de travesseiro. Não é fedido?

Nem todos os dias eram alegres, muitas vezes os dois ficavam sem forças ou aflitos. Se sentiam perdidos, tentando garantir sempre o melhor para uma bebê e para uma gata. Mas, no caderno, só entravam as coisas que os fariam sorrir mais tarde.

Se um dia, no futuro, Shiori olhasse aquelas páginas, só encontraria provas de que fora amada.

Keisuke entrou num hiato de trabalho depois de uma série curta e começou a planejar a próxima obra. Kaori reunia informações sobre berçários para enfrentar a batalha que era conseguir uma vaga boa.

Chegou a hora de castrar Spin, com menos de um ano. Com a barriga cortada, ela voltou para casa com cara de quem fora traída por tudo e por todos. Humanos malditos, nunca mais confio em nenhum de vocês. Mas em menos de uma hora já tinha esquecido tudo e estava ronronando e se esfregando nas canelas deles: fizeram maldade comigo, me consola, me consola, me consola!

Shiori começou a engatinhar, não dava mais para tirar os olhos dela nem por um instante. Kaori se lembrou do que as mães mais experientes tinham dito: quando eles começam a se mexer é que o bicho pega. A cada cinco minutos, a bebê inventava um novo jeito de tentar acabar com a própria vida. O ser humano é capaz de se matar até com uma colher de plástico, basta ter determinação.

As coisas andavam assim quando Keisuke, um dia, quis conversar com Kaori.

— Queria sua opinião sobre uma coisa... — disse, hesitante. — Meu editor perguntou se eu não quero escrever para a *Todos Crescem*.

Era uma revista informativa sobre parentalidade, publicada pela empresa de Kaori. Uma revista bem estabelecida dentro desse gênero.

Keisuke contou que quando esteve na editora para discutir sua próxima obra, perguntaram sobre seus interesses atuais, e ele respondeu que ultimamente só pensava em bebês e gatos. Falou só de brincadeira, mas o editor, muito sério, tomou notas. Depois conversou com o editor-chefe e os dois concluíram que, no caso, a *Todos Crescem* seria uma boa opção.

Kaori riu alto ao ouvir que a proposta era registrar "crônicas de um pai presente".

— É, né... Eles tão viajando...

— Ah, não acho que estejam.

Ela só deixou escapar essa risada porque "pai participativo" fazia pensar em adultos normais e extrovertidos, não combinava muito com ele.

— Por que você não experimenta? O que você tem feito nos cadernos é legal.

Em algum momento, Keisuke tinha começado a organizar as ilustrações do caderno em forma de tirinhas. Eram divertidas, talvez por ele saber captar bem cada tema. Kaori achava um luxo ser a única leitora, mas começava a sentir que isso era um desperdício.

— Acho que umas crônicas realistas podem dar bem certo.

O título escolhido foi Papai Schrödinger.

Muito prazer. Meu nome é Keisuke Tsukuda, escrevo mangás de ação e ficção científica.

Foi desse modo que começou a primeira crônica.

Assim como na lei de Schrödinger, segundo a qual é impossível saber se o gato dentro da caixa está vivo ou morto até observá-lo, antes de abrir a caixa não dá para saber se o marido vai ser um sucesso ou um fracasso como pai. Mas desconfio que minha esposa já esperava um fracasso mesmo antes da etapa de observação do experimento.

Esse episódio, que registrava de forma sincera a ameaça do divórcio quando descobriram a gravidez, o fato de a ficha não ter caído nem quando Keisuke viu a filha recém-nascida e que terminava deixando como gancho o filhote de gato ainda não desmamado, ficou em primeiro lugar na enquete de favoritos dos leitores.

O post do Yahoo Respostas, que tinha sido abandonado depois do agradecimento de Keisuke, se agitou um pouco com comentários como "Não acredito que era esse cara!".

No começo, ciente de que devia ser pouco conhecido pelos leitores de uma revista sobre filhos, Keisuke começava sempre se apresentando como o autor de mangás que sempre fora. Mas com o tempo o departamento editorial mudou sua apresentação para "autor de crônicas sobre a paternidade e também mangás de ficção científica".

Keisuke era o tipo de artista que encontra veios fartos ao cavar assuntos de que gosta. O veio encontrado dessa vez não era um best-seller, mas tinha cara de que seria duradouro. Kaori sempre achou que ele teria êxito escrevendo mangás realistas, e, pensando bem, tirinhas autobiográficas também entravam nessa lista.

A popularidade dos quadrinhos sobre o dia a dia com a bebê também acabou trazendo pedidos de tirinhas sobre gatos, e certa vez ele e Spin até apareceram na TV, num quadro sobre autores de mangás e seus felinos. A equipe de filmagem que visitou sua casa queria incluir Kaori e Shiori na matéria, mas Keisuke recusou veementemente, dizendo que nos tempos atuais não era boa ideia expor o rosto de uma criança.

Em vez disso, o programa falou de suas obras anteriores, com imagens das capas e tudo mais, o que fez muita gente procurar por elas nas livrarias.

— Spinzinhaa, voxê é um gatíneo amuleto da xorte, é?

Dizendo isso numa voz melosa que jamais usaria na frente de outras pessoas, Keisuke agarrou Spin e a afagou até levar um soco de gato na cara.

— Ai, ai, xeu papai é um tonto, Shioliii — disse Kaori, também usando uma voz afetada que já saía no automático.

Mas Shiori encarou a mãe com frieza:

— Quem fala "xeu" é bebê, mamãe.

Kaori tinha superado a batalha dos berçários e agora Shiori já estava na creche. Dizem que as meninas começam a falar mais cedo, mesmo assim o tempo passava a uma velocidade espantosa.

— Fala dileito!

Era muito bonitinho o jeito como Shiori ainda enrolava a língua, achando que falava perfeitamente. Só que ninguém podia comentar nada nem achar fofo, senão ela ficava furiosa. Quando aprendesse a ler, talvez se irritasse ao descobrir que esse tipo de coisa aparecia muito nos mangás do pai.

Às vezes, Kaori imaginava o que teria acontecido se Keisuke não tivesse encontrado Spin naquela manhã. Hoje em dia, dava medo só de pensar nisso.

Ao examinar o conteúdo daquela caixa de mexerica Mikkabi, o observador do experimento revelara não apenas uma gatinha que havia perdido o irmão, mas também o futuro no qual todos eles viviam agora.

Maquiando as contas

Acho que o pai nem gostava tanto assim de gatos, para começo de conversa.

Quando os filhos começaram a pedir um e a família encontrou um anúncio de "gatinho para adoção" nos classificados do jornal, ele não se interessou muito.

O anúncio oferecia um macho de dois meses de idade, mas estava na cara que o gato recebido tinha pelo menos três vezes isso. O homem que o trouxe de carro gostava de pescar e se despediu do filhote dizendo que qualquer hora dessas vinha trazer um peixe de presente, mas nunca mais o viram. Falava no dialeto daquela terra, onde as pessoas tinham mania de acrescentar *nya* e *chu* no fim das frases. Costumavam zombar do próprio sotaque, dizendo que parecia uma conversa de gatos e ratos.

Ele contou que o gatinho já tinha sido doado e devolvido uma vez. Quem sabe por isso era um pouco emburrado. Assim que o antigo dono foi embora, o gato se postou diante de uma porta de vidro onde batia um sol gostoso, e lá ficou, com o ar indiferente de quem diz: "De qualquer forma, isto aqui é temporário".

O gato não dava patadas nem arranhava, mas também não fazia questão de demonstrar nenhum afeto, e as crianças, que esperavam um filhote fofíssimo, ficaram decepcionadas. A mãe também admitiu que teve dúvidas se era o caso de ficar com ele.

— É, eu achei que ele tava bem grandinho pra ter só dois meses...

Mas como ela não era uma pessoa muito assertiva, não foi capaz de dizer ao sujeito que não queria o gato por ele ser grande demais.

Então, sejamos justos com o pai: ninguém na família se encantou por aquele gato, que já tinha passado da flor da idade. A questão é só que o pai foi quem fez menos cerimônia. Chegou em casa, deu uma olhada no animal, perguntou à esposa sobre ele e declarou:

— Esse aí foi devolvido por causa da aparência, certeza.

Era o que todo mundo tinha pensado, mas ninguém tinha dito.

Na mesma época, um dia o pai viu na televisão um cantor muito popular por sua voz sedosa e soltou esta: "Bom, não foi pela cara que chamaram esse rapaz". À sua maneira, era um elogio ao talento do cantor.

— O sujeito que trouxe esse gato deve estar achando que se livrou de uma boa!

Ele parecia se divertir com a situação. Talvez gostasse de pensar no tiozinho pescador voltando para casa aliviado.

— Se a gente recusasse, ele não achava mais ninguém, não.

Com seu jeito indireto, ele estava dizendo para deixarem o bicho ali. Assim, o gato se tornou um membro da família e, graças à sua pelagem listrada, ganhou o nome pouco criativo de Tora, que quer dizer tigre.

No fundo do peito, a mãe e as crianças lamentaram — se era para ter um gato, bem que podia ter sido um filhotinho charmoso —, mas o pai não ligou. De qualquer jeito, não era do tipo que achava bichos charmosos.

Se alguém perguntasse a ele qual era seu animal preferido, provavelmente responderia que eram as hienas. Não dava para dizer que fosse uma opinião popular. E o que apreciava nelas, em especial, era seu modo de andar, que ele achava muito educado.

— Não existe outra criatura que ande por aí como as hienas. Os humanos deviam se inspirar nelas.

Só que o fato de elas andarem de cabeça baixa não tinha a ver com personalidade, e sim com ossatura.

— A hiena-malhada é a melhor, tem mais cara de coitada que a hiena-riscada. Um jeito meio melancólico.

A maioria das pessoas nem distingue hienas-malhadas de hienas-riscadas — são todas hienas e pronto. Mas o pai visitava sempre um zoológico ali perto, onde havia dos dois tipos. E não é que ele gostasse de bichos, é só que, para ele, hienas eram o assunto do momento. Quando ele se interessava por alguma coisa, passava um tempo obcecado pelo assunto. Tinha muito talento para arranjar esse tipo de hobby particular.

Na época da inauguração da Grande Ponte de Seto, por exemplo, este se tornou seu grande assunto, porque a construtora em que trabalhava tinha participado da construção de um trecho. O pai comprou todos os cartões-postais e pôsteres que encontrou da obra e inscreveu a família inteira, sem consultar ninguém, num tour sobre a ponte antes que ela fosse aberta aos veículos. Desavisados, todos foram violentamente despertados pela manhã e metidos em um ônibus. Sendo um tour, não dava para desistir no meio do caminho, então não houve saída senão marchar como um destacamento pela ponte de asfalto negro reluzente.

Nessas horas, a mãe obedecia calada, mas os filhos, duas meninas e um menino, reagiam cada um à sua maneira. A mais velha fez a cara mais emburrada do planeta, a mais nova se resignou e manteve o rosto perfeitamente vazio, e o caçula, ainda pequeno, chorou e berrou que estava cansado. A caminhada ia só até o meio da ponte e depois voltava para o começo, mas nos dias de hoje fazer uma criança pequena andar tudo isso seria considerado um tipo de abuso.

E, no fim, qual era tal o trecho em que a construtora dele havia participado? Umas poucas centenas de metros de ladeira, onde a ponte se conectava com a rua. Ainda assim, pensando agora, devia ser uma empresa bem qualificada para participar, mesmo que só com um pedacinho, em um projeto de construção civil enorme de outra província.

Além do pai, várias outras pessoas precipitadas acharam que era um momento icônico e também quiseram participar levando a família, então a multidão de pedestres cobria a ponte até onde a vista alcançava, em todas as direções. Na volta, ao se reunirem no ônibus, todos caíram no sono, exaustos. Uma hora, quando a filha mais velha acordou com o balanço do veículo, viu que por algum motivo a televisão do ônibus passava o filme *A história de Hachiko*. Mas nunca soube o que aconteceu com o cão Hachiko e seu dono, porque voltou a dormir e só acordou nos créditos finais.

Bem, mas estamos falando de gatos, não de cães. Naquela época, o normal era cachorros viverem no quintal e gatos viverem soltos, então Tora foi criado sem nenhuma frescura. Quando ficou adulto e precisou ser castrado, por exemplo, a família não tinha bolsa de transporte para gatos. Então o colocaram em uma caixa de papelão, fecharam a tampa, botaram no bagageiro da lambreta da mãe, e assim ele foi levado para o veterinário. Óbvio que um gato fica em pânico ao ser enfiado subitamente em uma caixa. Tora fez tamanho escarcéu que a mãe mal conseguia manter o guidão reto, e ao chegarem lá o gato já tinha conseguido enfiar uma pata pela fresta das abas encaixadas e espichá-la em direção ao céu. Se a clínica veterinária ficasse um semáforo adiante, certamente teria aberto a caixa e fugido. A família havia subestimado a capacidade física dos felinos.

Quem decidiu que ele poderia ser carregado dessa maneira foi o pai, dizendo que nem valia a pena comprar essas bolsas chiques apenas para levá-lo logo ali, para um gato uma caixa de papelão servia. Mas assim que Tora recebeu alta, a mãe foi a uma loja de artigos para casa e arranjou uma bolsa de transporte decente. Tinha morrido de vergonha ao chegar à clínica e ser recebida por olhares espantados e comentários de "ainda bem que ele chegou inteiro".

— Meu marido disse que esta caixa servia...

— Entendo... Mas geralmente se usa uma bolsa especial, senhora.

A mãe ficou furiosa, voltou dizendo ao pai que, por causa da muquiranice dele, ela nem soubera onde meter a cara.

— E, também, se o Tora tivesse conseguido abrir a caixa e fugir, podia ter sido atropelado e se estropiar todo!

— Calma, não aconteceu nada. Tudo tá bem quando termina bem.

Nos dias de hoje, o pai seria apedrejado pelo pessoal de direitos dos animais.

Mas isso não quer dizer que ele não se importasse com o Tora.

— Eram umas bolas firmes, tão charmosas, coitado — ele lamentou, cutucando os testículos murchos do gato depois da castração.

Por outro lado, também fazia coisas como pegar o rabo grosso e torcido do gato e fingir que estava trocando a marcha do carro, dizendo: "Primeira, segunda...". Tora só olhava incomodado em sua direção, mas deixava que continuasse. Ainda que não fosse muito afetuoso, era um gato magnânimo.

Certa vez, encontraram Tora dentro de uma sacola plástica de mercado, pendurada num gancho no batente da porta. Não tinha sido uma travessura das crianças, mas do pai.

— Ele tava fuçando na sacola, então experimentei pôr ele lá dentro, e coube direitinho! Ele pareceu contente, então pendurei aí.

Até que a mãe o descobrisse nessa situação e o socorresse, Tora ficou enrodilhado dentro da sacola, sem dar um pio — ou melhor, um miado. Difícil saber se estava sendo estoico ou se realmente tinha gostado dali. Quando colocaram a sacola no chão, saiu tranquilamente de dentro dela e foi embora como se nada tivesse acontecido.

Esse gato indiferente mas magnânimo viveu por dezoito anos. Mesmo velho, manteve o vigor, circulando com seu caminhar pesado pela casa vazia depois que todos os filhos já tinham partido. Mas uma hora, não se sabe exatamente quando, enfraqueceu de repente, como se tivesse descido um grande degrau.

Ele sempre foi um gato desajeitado, ao correr suas patas de trás se enroscavam e ele caía. Talvez tivesse patas fracas de nascença. Com a idade, isso evoluiu para um caminhar vacilante, sem força no quadril. Subia as escadas um degrau por vez, com pausas para descansar.

Depois não conseguia mais passar por cima da beirada da caixa de areia e começou a sofrer muitos acidentes. Tiraram a caixa e puseram tapetes higiênicos no mesmo lugar, mas ele não gostou muito, talvez por falta de hábito. Acabava fazendo suas necessidades no carpete ou nos cobertores.

A casa estava ficando suja demais, então começaram a colocar fraldas nele. Como naquela época não se vendiam fraldas para gatos, a mãe comprava as de recém-nascidos e recortava um buraco para o rabo.

Ela telefonou para os filhos para avisar que Tora provavelmente não resistiria por muito tempo. A filha mais velha e o menino moravam longe e mal conseguiam visitar os pais nos feriados, mas a do meio, que costumava ter um ar indiferente, começou a fazer visitas quase diárias.

Todo dia, quando chegava em casa, o pai espiava a cara de Tora:

— Opa, tá vivo?

A mãe ficava brava, aquilo não eram modos, mas ele não sabia falar de outro jeito.

Quando estava morando longe para cursar a universidade, a filha mais velha enfrentou o Grande Terremoto de Kobe. Depois que o tremor cessou e ela conseguiu deixar o parque onde se refugiara e voltar para a pensão, a primeira coisa que fez foi ligar para a casa dos pais. Por nunca ter passado por nada parecido, estava convencida de que o país ia afundar a qualquer momento e que seus pais também tinham sido afetados pelo desastre, então ligou para saber se estavam bem.

Era bem cedo, um pouco depois das seis da manhã. A mãe atendeu meio que dormindo e perguntou um tanto irritada o que era. Quando a filha perguntou se estava tudo bem com eles depois do terremoto, a mãe não entendeu nada. Assim, a menina compreendeu que o Japão não ia afundar tão cedo, explicou que houvera um terremoto forte mas ela estava bem, e desligou.

Em seguida, todo o sistema telefônico da região de Kobe e Osaka colapsou.

O pai elogiou a filha por ter telefonado.

— Essa aí é malandra.

Depois de acordarem, os dois viram na televisão o estrago terrível feito pelo terremoto, mas quando tentaram falar com a filha na pensão a ligação não se completava.

Ele a elogiou por muito tempo, que se ela não tivesse telefonado logo cedo os pais teriam ficado morrendo de preocupação, que ela tinha sido mesmo muito malandra de ligar antes de as linhas caírem.

A filha se chateou. Malandra? Isso lá é jeito de falar? Mas era o estilo do pai fazer esses elogios meio tortos. Um pai normal provavelmente diria que a filha fora muito sensata ou que pensara rápido.

Aliás, quando finalmente conseguiram falar com ela ao telefone depois do terremoto, o pai mandou esta:

— Deve ter sido um perrengue, mas como você sobreviveu pelo menos tem uma história boa pra contar.

O tipo de coisa que, mesmo que você pense, provavelmente não precisa dizer. E com certeza não precisa dizer a uma filha que está morando numa pensão onde às vezes tem água no banheiro, às vezes não, e dormindo de sapato por medo dos tremores secundários.

Esse homem não tem coração, avaliou a filha do meio.

Tora, de fralda, passou uma noite no colo da mãe e partiu no alvorecer do dia seguinte. Segundo ela, seus últimos momentos foram tranquilos.

O pai, que não tinha coração, ao saber da morte só assentiu com a cabeça e disse: "Entendi". Talvez tenha acrescentado que o gato vivera uma boa vida. Talvez não.

Bom, um sujeito que gosta de hienas não se importa com bichinhos fofos feito gato ou cachorro, foi outro comentário da segunda filha.

Sendo como era, o pai não se abalou com a morte de Tora, mas a mãe sentiu profundamente e passou pelo que hoje se chamaria de "*pet loss*". Tora tinha sido adotado por insistência dos filhos, mas no fim foi ela quem cuidou dele por toda a vida e o acompanhou em seus últimos momentos.

Mesmo que a ausência de um felino não tenha surtido nenhum efeito sobre o pai, ver a mãe naquele estado o deixou aflito. Começou a convidá-la para vários passeios, até porque tinha se aposentado por idade pouco antes e agora levava uma vida tranquila, trabalhando só três dias por semana. Gostava de dirigir, então sempre aparecia com algum destino novo para visitarem.

Num desses dias, estavam indo pescar águas-vivas. É que o pai tinha encontrado, na agência dos correios ou em algum lugar assim, anúncios de um kit para a criação de águas-vivas em casa. Era só encomendar e te enviavam uma água-viva em um aquário de plástico. O folheto explicava que o animal sobreviveria por algum tempo desde que se trocasse a água do aquário diariamente por água fresca do mar, e pedia que o cliente devolvesse a água-viva ao oceano quando ela começasse a enfraquecer. Mandavam inclusive a água salgada necessária para as trocas. Um produto bem simplório, pensando hoje.

O pai se atirou a esse novo plano muito porque eles moravam perto do mar e era fácil ir buscar quanta água precisasse. Assim, depois que a água que veio com o kit acabou ele ia todo dia ao porto pegar mais. Queria saber quanto tempo o animal poderia viver assim, uma curiosidade maldosa como a de uma criança que arranca as patas de um gafanhoto só para ver o que acontece.

Conforme a água-viva enfraquecia, foi parando de nadar e ganhando uma coloração escura e azulada. Os vendedores do kit recomendavam devolvê-la ao mar a essa altura, mas uma criança ingênua e cruel sempre quer testar os limites.

A mãe insistiu muitas vezes para que o marido a devolvesse ao mar, mas em vão. A água-viva terminou seus dias boiando num canto do aquário, como um naco de gelatina. Terrível.

Entretanto, agora que havia entrado no boom pessoal da água-viva, o pai queria mais. Declarou que nem precisava comprar nada, podia pescar águas-vivas ao lado das barreiras de contenção do mar. Ia com uma rede e recolhia várias de cores bonitas.

Acabou até adquirindo um *know-how*.

— Não adianta se animar e pegar as maiores porque elas batem as botas rapidinho. Vai ver ficam sem oxigênio porque o aquário é pequeno.

A mãe suspirou, maldizendo quem havia inventado esse tal produto. Estava parecendo aquela história do bicho-da-seda!

Isso tinha sido quando as crianças eram pequenas. Um dia o pai apareceu com um "kit de observação" para criar bichos-da-seda e depois tecer seu próprio leque de seda. Você tinha que criar as larvas, alimentando-as com as folhas de amoreira que vinham com o kit, e quando chegasse ao último estágio precisava soltá-las sobre a estrutura de madeira do leque. Assim, na teoria, os bichos iriam produzir o fio sobre a estrutura, e no fim você teria um leque de seda. O cérebro de quem inventou esse troço certamente não funcionava direito.

Largadas sobre as varetas do leque, as larvas queriam construir casulos, o que era impossível em cima de madeiras planas. Então iam produzindo seu fio e tentando um monte de estratégias diferentes, até acabarem amarrando a si mesmas nas varetas.

O pai ficou comentando que aquele negócio era uma crueldade, mas não tomou nenhuma providência. Então foi a mãe quem teve que cortar os fios, soltar as larvas de suas amarras e preparar apoios em uma caixinha para que elas pudessem encasular em paz.

Mas, não se sabe por que motivo, as águas-vivas não provocaram na mãe a mesma compaixão, tanto que nesse dia ela estava participando da excursão para pescá-las.

Dirigiam por uma estrada cercada de plantações quando todos os carros adiante começaram a diminuir e a desviar, avançando sobre a faixa oposta.

— O que será que aconteceu? — disse o pai, franzindo o cenho.

A mãe foi quem descobriu primeiro.

— É um gato!

Um filhotinho pouco maior que um punho tinha saído do meio do mato e estava se arrastando pela estrada, obrigando os carros a desviar.

Em vez de desviar também, o pai parou um pouco antes de onde o gato estava e desceu do carro. A mãe, então, fez a mesma coisa.

Ao saírem do veículo, perceberam que o gato miava num volume impressionante. *Miaaaau, minhaaaaau*, feito uma sirene. Tinha o pelo mesclado de casco de tartaruga com creme.

A mãe pegou o filhote e o devolveu para dentro do mato, para evitar que fosse atropelado, mas ele saiu de novo. Ela o empurrava de volta e ele saía, como quem rebate em um jogo.

— Não quer levar ele pra casa? — perguntou o pai. — Se a gente deixar ele aí, vai acabar morto.

A mãe não acreditou no que ouviu. O homem que estava indo naquele momento pegar águas-vivas para matá-las falando isso? Então bichos-da-seda mereciam compaixão, gatos também, mas águas-vivas não? Qual seria a diferença?

Ao se despedir de Tora, a mãe havia pensado que nunca mais ia querer ter gatos. Não aguentaria passar por aquele sofrimento de novo. No entanto, diante da opção de levar o filhote para casa, era difícil largar o bichinho que se agarrava às suas mãos.

— Ainda temos todas as coisas do Tora, o banheiro e tudo mais…

Ela ainda não tinha conseguido se desfazer desses objetos, junto com os quais desapareceriam os últimos resquícios de Tora.

No fim, cancelaram a busca de águas-vivas para o sacrifício e voltaram para casa levando um gatinho.

O filhote era uma festa de pulgas, tantas que dava para vê-las saltitando no focinho, então foram à clínica veterinária pedir um remédio. Era uma fêmea, que havia aberto os olhos fazia pouco tempo. Apesar de miúda, resistiu ferozmente ao exame.

A filha do meio, que morava perto, logo foi visitar os pais, trazendo a filhinha que ainda aprendia a caminhar.

— A gente tem que dar um nome… Que tal Ten? Não é bonitinho?

Descobriram que esse tinha sido um dos nomes finalistas na escolha do nome da neta. A filha gostou dele, mas acabou não sendo usado porque não soava bem junto com o sobrenome do seu marido.

Por falta de outras sugestões, ficaram com Ten.

No começo estavam dando leite, mas a gatinha logo começou a morder o bico da mamadeira. Então ofereceram comida em lata para filhotes, que ela comeu com o entusiasmo de quem diz: "Aí sim, por que não me deram isso antes?!".

A filha mais velha, que morava em outra província, largou o marido em casa e foi visitar os pais só para ver o filhote. Justo ela, que sempre dizia estar muito ocupada com o trabalho e que se desse as caras por lá uma vez por ano já era lucro.

— O que é isso? Você nunca aparece…

— Ah, filhote de gato é por tempo limitado, eu não podia perder.

Mas quem deixou todo mundo perplexo com sua mudança de atitude e virou o assunto dos sussurros da família foi o pai.

Essa história de resgatar uma gatinha indefesa não batia com a imagem que tinham dele.

— Acho que, na verdade, o pai gostava do Tora...

— Imagina, quando o Tora morreu ele só disse "entendi"!

— Pra quem está matando esse monte de água-viva...

O que a mãe mais queria era que ele parasse com aquela matança. Mas a presença da gata resolveu essa questão de forma inesperada.

Em certo momento aconteceu de o aquário estar vazio, largado num canto da sala. Ten experimentou entrar lá dentro e ficou muito satisfeita. Para um gato, um aquário vazio era apenas uma caixa transparente.

— Querido, parece que a Ten gostou...

Assim, a gata passou a se deitar dentro do aquário com frequência. E, sem dizer nada, o pai parou de agir como o intendente Sansho das águas-vivas. Quando Ten se desinteressou e a mãe guardou o aquário, o pai não comentou nada.

O mistério da atitude inesperada do pai se esclareceu um pouco quando o caçula foi visitá-los.

Ele contou que, certo dia, tinha ouvido o pai murmurar que a mãe andava tão abatida que vai ver era melhor arranjarem um gato novo. Do jeito que aquele homem era, jamais tomaria a iniciativa de procurar um animal para adotarem, então o surgimento de uma gatinha bem na frente do carro tinha sido providencial.

Por algum motivo, aquele filhote no auge de sua fofura se apegou muito ao pai, ia trançando o corpo entre suas canelas sempre que ele caminhava. Ninguém entendeu esse apego, já que o pai não se interessava em participar dos cuidados com ela e, além disso, a afastava com um chutinho quando se incomodava com a bichinha enroscando em suas pernas.

No entanto, parece que ao se tornar objeto de tamanho afeto mesmo um homem sem coração começa a sentir alguma coisa. O fato é que o pai, cujo animal favorito eram as hienas — principalmente as malhadas — começou a comprar brinquedinhos para Ten.

Como a gata ficava alegre com os presentes, toda vez que ele saía acabava voltando com alguma coisa. Às vezes dava uma bola fora, mas mesmo nessas ocasiões ele parecia se divertir, refletindo sobre as razões de seu fracasso. Durante um tempo, sua mania foi procurar coisas que um gato poderia gostar na loja de cem ienes. Toda hora aparecia com sacolas abarrotadas de tralhinhas inúteis, o que deixava a mãe maluca.

O pai, que gostava tanto de dirigir para vários lugares, acabou tendo que se desfazer do carro.

— Estou ficando velho. Quando dou por mim, os carros da frente já estão longe…

Quantos anos fazia desde esse primeiro comentário?

Antes, ele andava a toda pela faixa expressa, mantendo a velocidade no limite para não ser multado, mas foi deixando de fazer isso, até parar de vez. Arranhar a lataria do carro já era coisa cotidiana, mas quando ele raspou o muro de uma casa com bastante força o filho praticamente confiscou seu carro dizendo que se ele atropelasse alguém seria tarde demais.

Tendo parado de dirigir, o pai envelheceu de uma vez. Não era dessas pessoas de disposição louvável que, mesmo sem carro, vão passear de ônibus ou de trem. Então parou de sair de casa, passava o dia largado de pijama, e com isso foi perdendo tônus a olhos vistos. Não tinha nem setenta anos e já estava com as costas encurvadas como as dos velhinhos dos contos de fadas.

A filha mais velha, desbocada, fez a mãe morrer de rir dizendo que ele estava dobrando feito um grampo de cabelo. Era um pouco exagerado, mas de fato sua postura era tão arqueada que ele parecia estar tentando encostar as mãos no chão.

Não era o tipo de pai para quem sugerir um pouco de exercícios surtiria algum efeito. O filho, que já enfrentara uma briga feia por causa do carro, declarou que se ele não estava matando ninguém era melhor deixá-lo em paz.

A mãe disse que, já que o pai gostava tanto de águas-vivas, queria levá-lo para ver um aquário famoso por elas em Yamagata antes que ficasse inválido de vez, e insistiu nisso até que a filha mais velha e seu marido aceitaram comandar essa excursão.

Como não havia voo direto da cidade deles para Yamagata, o plano foi passar uma noite na casa da filha em Kansai e viajarem no dia seguinte. A filha levou um susto ao ir buscá-los no aeroporto. Todos os passageiros já haviam passado pelo portão de desembarque, e nem sinal de seus pais. Quando finalmente saíram, depois de cinco ou dez minutos de espera, ela não achou que fossem eles.

— Achei que fosse um senhor com uma cuidadora! Pensei: "Poxa, que difícil pra eles viajarem assim".

Difícil foi para ela e o marido, que organizaram o passeio. O pai só saiu vivo dessa jornada graças ao genro, que manteve a cabeça no lugar.

E, no final das contas, o pai nem ligou para a atração principal, pois para ele o boom das águas-vivas já estava em um passado distante. Com isso, a empreitada toda foi inútil. Típico do pai, com seu jeito egoísta.

Quanto a Ten, já estava completamente crescida. O lado selvagem que havia demonstrado no veterinário quando era filhote também cresceu com vigor, tanto que agora era impossível até mesmo colocá-la na bolsa de transporte. A mãe dizia que, se ela ficasse doente, cuidaria dela com toda a dedicação, mas em casa. Mais do que isso seria impossível.

Na última vez que a levaram ao veterinário, anos antes, ninguém escapou ileso, e toda a equipe terminou a consulta de cara feia.

Com isso, a popularidade do gato anterior cresceu — na comparação, Tora parecia um gato muito afável.

Por que será que Ten tinha saído um bicho tão feroz se havia sido criada como uma princesa, cheia de mimos? Quando a filha que morava longe vinha visitar os pais, por exemplo, bastava passar perto da gata para levar uma unhada. Uma vez estava tirando um cochilo no sofá e a gata pulou direto na sua jugular, com claras intenções homicidas.

A mãe, incapaz de só assistir sem fazer nada, sugeriu que a filha oferecesse à gata uma lata de comida chique, disse que era uma das preferidas de Ten, mas ela nem tocou no que foi servido. *Não quero nada que tenha passado pelas mãos dessazinha aí.*

— É que os animais sabem escolher bem as pessoas! — alfinetou o pai, que continuava sendo o preferido de Ten.

Um dia ele se cansou de subir para o segundo andar e se entocou na cama que desceram para o cômodo do altar budista, conectado à sala. Só saía dali para ir ao banheiro e comer, o resto do tempo parecia um bicho-de-cesto encasulado. Mas, assim que ele se levantava, Ten aparecia de onde estivesse para ir se enroscar em suas pernas bambas. O amor da gata não dava mostras de arrefecer, ainda que ela continuasse levando pequenos chutes.

— Quem disse que ela sabe escolher as pessoas? — A filha mais velha se chateou por ser preterida. — A única coisa que presta nessa gata é a cara.

Realmente, Ten tinha traços lindos. Desde filhote era muito graciosa.

— A Ten deve lembrar que foi o pai quem trouxe ela para casa. Até que é esperta!

Ser arredia era um tipo de esperteza.

Depois de ser desprezada pela gata dos pais durante tanto tempo, a filha mais velha acabou arranjando um gato para chamar de seu. Era bem diferente de Ten, mas fofo à sua maneira.

— Olha que bonitinho o nosso gato, pai!

Quando mostrou fotos dele no celular, o pai riu pelo nariz.

— Não tem gato no mundo que não seja bonitinho.

Como é?! Todos da família ficaram estupefatos. O pai dizendo uma coisa dessa? Mais uma vez ele não estava agindo de acordo com seu papel. Em circunstância nenhuma se esperava dele esse tipo de comentário meloso de gateiro. Mas, mesmo falando isso, ele não deixava de chutar a gata se ela estivesse em seu caminho.

O pai ia bambeando, e a gata roçando. Ele bambeando, e ela roçando. Parecia que esse combo de velhote e gata ia continuar eternamente.

O pai era bom de copo, até por influência da cultura da região de Tosa, e também fumava muito, então sempre desconfiaram de que ele ia morrer ou de cirrose ou de câncer de pulmão.

No fim, ele teve os dois.

A família notou que andava bebendo menos e que às vezes engasgava ao fumar, mas não parecia estar se sentindo mal, e seguia estável, da sua maneira bamba e encurvada. Então acharam que eram só sinais comuns da velhice.

Na verdade, o que mais os preocupava era a fraqueza de suas pernas e costas. Certo dia, ele se deitou, não conseguiu se levantar e acabou no hospital.

Graças aos agrados e à bajulação de uma moça bonita da equipe, fez os exercícios até conseguir ficar de pé novamente e voltar ao seu caminhar vacilante. Uma recuperação milagrosa, segundo todos no centro de reabilitação.

Foi por recomendação dessa moça bonita que o pai foi fazer um check-up e descobriu as doenças. Ambas estavam em estágio terminal, não havia mais nada a fazer. Segundo os médicos, era um mistério ele continuar vivo.

Como não havia mais tratamento possível, concluíram que seria maldade interná-lo. Mesmo que não fosse esse o caso, para alguém tão livre e cheio de vontades a realidade regrada de um hospital provavelmente teria o efeito contrário, iria diminuir sua expectativa de vida.

Decidiram não contar nada ao pai e cuidar dele em casa até o fim.

A sensação geral era de que a conta havia chegado, depois de o pai ter passado tantos anos mergulhado na bebida e fumando como uma chaminé.

Os cuidados da mãe foram impecáveis. Ela zelou por ele com a mesma dedicação que havia demonstrado no fim da vida de seu primeiro gato. Graças a ela e ao filho, um solteiro inveterado que voltou a morar com eles para ajudar, seu estado físico se manteve estável.

O pai dormia e acordava, dormia, dormia, dormia e acordava. Conforme dias como esses se passavam, ele começou a ficar um pouco gagá. Perguntava quando ia sair o almoço, sendo que tinha acabado de comer. Talvez a sensação de saciedade dele estivesse prejudicada, pois passou a reclamar de fome o tempo todo.

Se a mãe ouvia um barulho na cozinha e ia ver o que era, dava sempre com ele fuçando nos armários. Depois voltava para a cama carregando os lanches que tinha conquistado, mas o problema é que às vezes, no meio deles, havia também petiscos da Ten. Uma apetitosa porção de *churu* para o vovô.

Ih, pai, esse é da Ten, diziam, tomando dele o pacote. Então preparavam um chá e serviam com alguma comida de gente, fazendo uma pequena refeição no meio da madrugada.

Nessas, Ten faturou vários lanches extras, quando acontecia de o pai já ter aberto o petisco.

Até um dia antes de perder a consciência, ele usava o banheiro, ainda que precisasse da ajuda da mãe para chegar lá. Isto não havia mudado — ele caminhando com seus passos vacilantes, Ten se enroscando em suas pernas e levando seu habitual chute.

Parecia que o pai continuaria para todo o sempre naquele caminhar encurvado e vacilante, mas assim que começou a sentir dor ele fechou a lojinha. Era incapaz, por natureza, de aguentar dor ou desconforto, tanto que nunca foi ao dentista e, antes de fazer sessenta anos, já havia perdido todos os dentes.

Engatando um analgésico no outro, acabou desmaiando um dia e partiu assim, sem acordar. Não esperou nem pela filha mais velha e o genro, que vieram correndo.

— Uma vida inteira sem paciência para aguentar as coisas… — disse a filha, que chegara tarde demais.

O corpo passou mais uns dois dias em casa até conseguirem vaga no crematório, então parecia que ele estava apenas dormindo. Fora o ar gelado do quarto, resfriado pelo ar-condicionado e gelo-seco, não havia grande diferença.

Como o pai odiava formalidades, fizeram um velório privado. Ele deixou seu ninho no cômodo do altar budista, depois voltou para o mesmo lugar em forma de cinzas.

Durante a cremação, um funcionário já havia retirado a cama hospitalar. No seu lugar, montaram um altar celebratório simples com uma foto do pai e a urna.

Ten, que havia ficado sozinha na casa, apareceu em algum momento.

Não dava para saber se ela tinha entendido o que acontecera, mas ela encarou o altar por bastante tempo e depois foi embora.

* * *

Cerca de um ano se passou.

O filho, que viera só para ajudar a cuidar do pai, acabou ficando por ali, e agora viviam os três juntos, mãe, filho e gata. Talvez por ter companhia, a mãe não se abalou tanto e seguia bem-disposta.

Conversava mais com as filhas, pois o filho era de poucas palavras. Mesmo a mais velha, que morava longe, recebia vários telefonemas. A mãe começou a dizer que, quando o tempo esquentasse, queria ir ao zoológico de Kobe ver os gatos-de-pallas, comentou que tinha visto esses animais em um documentário na NHK havia muitos anos e que já gostava deles antes de entrarem na moda.

Tinha até guardado um recorte de jornal sobre esses animais embaixo do plástico transparente que protegia a mesa de jantar, e que se não fosse tudo aquilo com o pai já teria ido há muito tempo ver esses bichos, usando a casa da filha mais velha como hotel.

— Falando nisso, como vai o Felino Terrível?

Era assim que essa filha se referia a Ten, que nunca se afeiçoou a ela e tentava atacar seu pescoço.

— Ah, ela é uma graça.

Tentando defender a gata, a mãe listava com orgulho o tipo de coisa que qualquer gato faz.

Mas nesse dia ela tinha uma nova história para contar. Disse que, como era inverno, eles haviam fechado as portas de correr que separavam o cômodo do altar e a sala, para conter melhor o calor do aquecedor. Quando o pai estava vivo, essa divisória ficava sempre aberta, unindo os dois espaços.

— Pois não é que quando a gente fechou a porta ela foi lá e ficou arranhando, pedindo pra abrir?

Quando abriram, Ten andou por onde costumava ficar a cama do pai e se sentou ali por algum tempo. Parece que a despedida não havia diminuído seu afeto por ele.

— O pai sempre foi o preferido dela... Capaz de a Ten ser quem mais sente saudades dele.

Para os humanos da família, a partida do pai já era esperada, então depois de chorarem um tanto no velório eles logo se recuperaram.

— Essa gata realmente não sabe escolher as pessoas... O pai nunca deu um punhado que fosse de comida pra ela!

— É, ele nunca fez nada pelos gatos. Mas a Ten gostava muito dele, vai saber por quê.

O pai sempre fez o que lhe dava na telha, agia e falava de maneiras inesperadas e inexplicáveis. Toda essa liberdade podia parecer insensatez, e muitas vezes ele foi mesmo insensato. Não se importava nem um pouco de irritar as pessoas com quem cruzava por aí.

Quando a filha mais velha falava sobre ele para as amigas, elas sempre diziam a mesma coisa: na família dos outros era engraçado, mas não gostariam de ter um pai daqueles.

No entanto, considerando que uma gata se afeiçoara tanto assim ao homem, ao se perguntar se, afinal, ele tinha sido um pai bom ou ruim, talvez desse para dizer que estava mais para bom.

Um homem que nem gostava tanto assim de gatos, mas que no fim da vida os surpreendeu dizendo que todos os gatos do mundo eram fofos. Não teve compaixão pelas águas-vivas, mas teve pelos gatos.

Qual seria o saldo? Positivo ou negativo?

Tudo bem que ele teve suas esquisitices, que deu trabalho.

Mas, no fim, vamos declarar que ele foi um bom pai, amado pelos gatos.

O gato do adeus

Em cima da mesa havia um pratinho com shoyu.

Devia ser resto do café da manhã, com dois ou três grãos de arroz perdidos lá dentro. Mas dava para o gasto.

A mesa estava coberta por uma toalha de mesa estampada com florzinhas espalhadas, que também dava para o gasto. Havia bastante espaço vazio entre as flores.

Animado, Kouta Sakuraba mergulhou os dedos no potinho de shoyu, depois pressionou-os num espaço entre as flores e apertou bem antes de erguê-los com delicadeza. Sobre o fundo azul, surgiu uma flor de ameixeira cor de shoyu.

Perfeito.

Kouta admirou encantado a marca que deixara, depois voltou a mergulhar os dedos no shoyu.

Duas, três. As flores de shoyu foram se espalhando sobre o fundo azul.

Hoje ele estava com tudo.

Quatro, cinco... continuou.

— Não, Hiromi!!

A bronca enérgica da mãe fez as orelhas de Kouta abaixarem para trás. *Essa não, me pegaram!*

E então:

— Fiz alguma coisa?

Hiromi, o segundo filho da família Sakuraba, espiou confuso para dentro da cozinha.

Kouta era o caçula daquela casa, o terceiro filho. Pelo menos era assim que as pessoas pensavam, mas o correto, para o próprio Kouta, seria dizer que ele era o segundo filho, felino, e Hiromi o terceiro, humano.

A mãe olhou surpresa para Hiromi e riu alto.

— Ai, desculpa, desculpa. Errei de novo, era o Kouta! Tá dando uma de artista de novo.

Na casa dos Sakuraba, a prática de Kouta de deixar impressões digitais por aí era chamada de "dar uma de artista". Para ele aquilo não fazia o menor sentido, afinal ele não estava desenhando.

— De novo, cara?

Hiromi se aproximou e deu um peteleco na testa do gato.

— Queria que ele parasse com essa mania! Todas as toalhas de mesa daqui de casa já têm marcas de patas.

Resmungando assim, a mãe agarrou Kouta e esfregou um paninho de cozinha em sua pata direita, coberta de shoyu.

— E eu queria que a senhora parasse de me acusar injustamente.

— Ah, eu sempre me atrapalho. Não sei por quê, com o Masahiro eu nunca erro...

Era sempre os nomes de Kouta e Hiromi que a mãe trocava. O irmão mais velho, Masahiro, nunca tinha sido chamado pelo nome do gato.

— Bom, é a sina dos caçulas ter o nome trocado com os bichos de estimação.

— Puxa, é mesmo?

— Sim, segundo meu próprio instituto de pesquisa. Quando eu estava no colégio um dia, a gente começou a falar sobre isso, e todo mundo que já tinha sido chamado pelo nome errado era caçula.

— Não diga… — a mãe respondeu no automático enquanto esfregava as manchas da toalha com o paninho. — Será que não é porque o Masahiro já casou e saiu de casa? Só sobrou você pra eu errar.

— Fala sério! — provocou Hiromi com uma risada inconformada. — Você confunde meu nome e o do Kouta desde que eu era criança!

A mãe disfarçou rindo e desistiu de esfregar a toalha.

— Não adianta, agora só lavando. Por que será que o Kouta começou a aprontar desse jeito?

Kouta franziu o nariz ao ouvir este último comentário. Ele não estava aprontando, estava se preparando!

Precisava garantir que saberia carimbar sua digital quando a hora chegasse.

A lembrança mais antiga que Kouta tinha era de sentir muito frio.

Na época das chuvas, vinte anos antes, sua mãe gata o deixou para trás. Ele, que mal havia aberto os olhos, se arrastou para fora de onde dormia buscando o calor da mãe, mas suas forças se extinguiram no meio do caminho e ele ficou à mercê da garoa gelada.

Quem o resgatou e impediu que acabasse morto nesse dia foi o pai da família Sakuraba.

Já havia um gato residindo na casa para onde ele foi. Era uma gata persa, que provavelmente teria sido sacrificada pelo pet shop por ter um problema no olho, mas que também fora resgatada pelo pai. Pelo jeito, ele era do tipo que não conseguia ignorar um animal em apuros.

Portanto você teve muita sorte, viu?, disse essa persa, Diana, enquanto deixava que o filhotinho mamasse nela para matar a saudade da mãe. O pai dava leite na mamadeira toda hora, com seus gestos desajeitados, mas isso não supria o desejo de mamar num bicho peludo e quentinho.

— Eu quero dar leite! — insistia o primogênito, Masahiro.

Segundo Diana, logo mais ele teria um irmãozinho.

A mãe, com sua barriga grande, estava no hospital.

— Você não consegue, é difícil.

Realmente, a única vez que Masahiro tentou dar mamadeira ele enfiou o bico inteiro na boca do filhote, causando ânsia.

Enquanto o pai estava no trabalho, quem ajudava eram as donas de casa da vizinhança, amigas da mãe.

Com o tempo, o leite de três em três horas passou a ser de cinco em cinco, depois três vezes por dia, e em algum momento o gatinho abriu os olhos. Foi mais ou menos a essa altura que a mãe voltou para casa com o segundo filho da família Sakuraba.

— Nossa, parece um macaco! Que cara engraçada! — gritou Masahiro ao chegar da escola e ver o bebê, o que lhe rendeu um tabefe da mãe.

Diana declarou que o menino estava certo, mas acrescentou, rindo, que o próprio Masahiro também parecia um macaco quando nasceu.

Quanto à mãe, ela mal podia esperar para ver o gatinho que o pai tinha resgatado enquanto ela estava fora. Assim que o bebê adormeceu, se aproximou do filhote e soltou uma exclamação.

— Que lindo, é um tigrado cinza! — Foi aí que ele soube que seu pelo era assim. — Você já escolheu o nome?

O pai se embananou todo e admitiu que ainda não tinha escolhido.

— Ué, mas já faz duas semanas que você pegou ele, não faz?

— É que eu não sabia se a gente ia ficar com ele, e se eu desse um nome ia acabar me apegando demais...

O pai estava esperando a esposa voltar para decidirem se iam adotar mesmo o gato, mas ela disse que sim sem pestanejar.

— O filhotinho já se apegou à Diana... Você cuidou muito bem dele, né?

Diana estufou o peito com orgulho.

— Que nome a gente vai dar pra ele?

— Antes temos que escolher o nome do menino.

Os humanos tinham duas semanas para informar o nome de suas crianças à prefeitura, e os dois conversaram longamente sobre como chamariam o novo bebê. A única certeza era de que queriam usar um dos ideogramas do nome do irmão, então pensaram em vários candidatos que continham essa letra.

O nome escolhido pelo pai foi Hiromi. A mãe, depois de muita indecisão, elegeu Kouta, usando o mesmo ideograma de *hiro*, mas com a leitura *kou*. Nenhum dos dois queria ceder, então no fim decidiram num jogo de pedra, papel e tesoura, e o pai ganhou.

A mãe ficou decepcionada.

— Hum... Hiromi é um nome bonito, mas não vão achar que é de menina? Era melhor a gente botar Kouta.

— Não adianta protestar, foi o resultado de um jogo honesto! Se você gosta tanto de Kouta, põe esse nome no gatinho.

E foi assim que ele passou a se chamar Kouta.

Kouta já estava correndo por aí, e o bebezinho batizado de Hiromi ainda nem sabia rolar para os lados. Envolto no cueiro, só sacudia braços e pernas. Kouta foi ficando preocupado. Tá tudo bem com esse aí? Será que vai vingar?

Diana assegurou que estava tudo certo, que Masahiro era igual quando nasceu. Humanos crescem mais devagar do que gatos.

Mesmo assim, não estava demorando demais da conta?, pensava Kouta, vendo Hiromi se agitar como uma lagarta.

Espiava o bebê toda hora, certo de que aquele seria o dia em que ele finalmente ia se pôr em pé. Mas não, lá continuava o menino, deitado na cama feito lagarta, dia após dia.

Ei, cara, levanta logo. E se a sua mãe desistir de você?

Kouta tinha sido um filhote fraquinho que demorou para andar, e sua mãe gata o abandonou.

Certo dia, enquanto observava com impaciência, Hiromi abriu bem os olhos. Até então suas pupilas vagavam incertas, não dava para saber se ele estava enxergando ou não, mas naquela hora olharam direto para ele.

E ele sorriu.

Ouvindo os gritinhos animados do bebê, a mãe veio correndo e ficou aflita com a proximidade do gato:

— Sai, Kouta! Não vai morder ele!

Que grosseria.

Indignado, Kouta foi deixando seu posto, mas Hiromi desatou a berrar como se ardesse em chamas.

— Ué, queria que o Kouta ficasse com você? — A mãe virou para o gato e juntou as mãos pedindo perdão. — Desculpa! Você estava brincando com ele, é?

Bom, pelo menos você entendeu, então vou deixar passar dessa vez. Kouta voltou a se sentar ao lado do bebê, que imediatamente recuperou o bom humor e voltou a rir.

— Que bom, hein, Hiromi! O Kouta vai te fazer companhia.

Com um olhar derretido, a mãe cutucou as bochechas macias do bebê. Depois coçou o queixo do gato.

A julgar pela cara dela, não parecia que Hiromi ia ser abandonado tão cedo, mesmo sendo aquela lagarta pelada. Que sorte a sua! O gato lambeu a testa do bebê, que cheirava a leite. Alegre, Hiromi riu alto.

Com o passar dos dias, acompanhado por Kouta, que dormia a seu lado, Hiromi aprendeu a virar, a rolar por aí e a engatinhar. Pouco depois de ficar em pé e dar seus primeiros passos incertos, já estava correndo pela casa feito um maluco.

Mas ainda não estava no controle de suas habilidades físicas, continuava caindo e trombando nas coisas a toda hora. Kouta, por outro lado, já era um gato adulto, com uma agilidade impecável.

Os humanos crescem devagar *mesmo*, comentou ele, chocado.

Diana concordou.

A idade do irmão mais velho, Masahiro, era o bastante para um gato atingir a maioridade cinco vezes. E se Kouta parecia grande quando chegou, agora dava para ver que ele não passava de um filhote.

— Tem dois vândalos nesta casa! — A mãe começou a dizer na época em que Hiromi entrou na pré-escola e Masahiro começou a escola fundamental.

Todos os painéis de papel que recobriam as portas de correr da casa estavam despedaçados. Não adiantava trocar por novos, que logo eles ficavam estraçalhados de novo, então desistiram e deixaram todas as portas assim.

A família começou a se referir a Masahiro como irmão mais velho com mais frequência, principalmente nas reprimendas, dizendo que ele tinha que ser paciente por ser o mais velho e coisas assim. Ele começou a se ressentir e a dizer que odiava essa história de ser irmão mais velho.

— Não é justo! Ninguém fala que o Hiromi tem que fazer as coisas porque ele é mais velho!

Os pais reconheceram que não era mesmo justo.

— Tá bom, então o Hiromi vai ser irmão mais velho também — propôs a mãe.

— Mas ele não tem um irmãozinho! — retrucou Masahiro, ainda emburrado.

— Tem o Kouta — respondeu ela, impávida.

Opa, opa, peraí.

Foi a vez de Kouta perder a compostura.

Está evidente que o mais velho aqui sou eu. Não apenas nasci antes, como já sou adulto!, se indignou ele.

Mas os humanos não entendem o que os gatos dizem.

— Hiromi, você pode ser irmão mais velho do Kouta, não pode?

— Posso!

Pode nada!, protestou o gato, em vão.

Nem adianta tentar, os humanos só entendem a própria língua, disse Diana, morrendo de rir.

— Então você tem que se comportar para dar um bom exemplo para o Kouta, hein!

Kouta fechou a cara ao ouvir essa sugestão do pai. Por acaso um pirralho feito o Hiromi tinha algo a ensinar para ele? Poderia ensiná-lo a andar, correr, pular ou qualquer outra coisa que importava?

— Guardem todos os brinquedos antes do jantar, hein? Vocês precisam deixar tudo arrumado, porque já são irmãos mais velhos!

Tá bom! Responderam os dois pirralhos, mais bonzinhos que de costume, e foram juntar os brinquedos e livros espalhados pela sala.

E foi assim que Kouta se tornou o caçula (felino) da família, mas nunca se conformou com isso.

Pelo menos agora ele é maior fisicamente, pensou Kouta, erguendo o rosto para fitar Hiromi, que acabara de acordar, perto da hora do almoço.

Hiromi era mais alto do que o pai e do que o irmão, que havia se casado e saído de casa. O bom-dia que deu para a mãe foi retribuído na lata com um "já é quase boa tarde" que o fez se encolher um pouco.

Pelo jeito, essa tal profissão de universitário não tinha horários muito exigentes.

Hiromi fez um cafuné na cabeça de Kouta ao passar por ele, depois parou diante da geladeira e bebeu o leite direto da caixa.

— Eca, não bebe assim!

— Vou acabar com ele.

Depois de esvaziar o leite, conforme anunciado, Hiromi enxaguou a embalagem na pia, a amassou e colocou no lixo reciclável.

Opa! Alerta de costas dando sopa.

Num salto, Kouta deixou o sofá onde relaxava e escalou as costas do jovem.

— Aaaai! — Quando Hiromi terminou esse berro escandaloso, o gato já tinha alcançado seus ombros. — Você me unhou, Kouta!

Óbvio que usei as unhas, sem elas não consigo subir!

Kouta acomodou as patas nos dois ombros, e a mãe, que abria correspondências sentada à mesa, ergueu os olhos e deu risada.

— Esse aí não sossega enquanto não fizer sua escalada diária.

— Desde pequeno ele tem essa mania... Só que antes subia nas costas do papai.

Revoltado, Kouta deu uma patada na cabeça de Hiromi. Não fale bobagem!

Naquela época, Hiromi e Masahiro eram pequenos, mas Kouta não. Quando começou a escalar as costas do pai, já era um gato adulto.

— De onde será que ele pegou essa mania?

— Não foi da Diana, que ela nunca fez isso...

Bom, Kouta não chamaria de mania, era algo intencional. Mas, de qualquer forma, a ideia veio do próprio Hiromi (e de Masahiro). Como Hiromi podia esquecer uma coisa dessas? Prova de que, apesar do tamanho, ainda não passava de uma criança.

Isso foi bem na época em que Kouta andava injuriado por terem decidido, contra a sua vontade, que ele era o caçula. As crianças da casa Sakuraba começaram com uma moda de querer sentar nos ombros do pai, pediam isso o tempo todo em que ele estava em casa. Os meninos nunca enjoavam dessa brincadeira, mas o pai, sendo um só, uma hora se cansava e deixava os dois choramingando.

Observando toda essa comoção, Kouta compreendeu: quem ficasse no ombro do pai se tornava VIP. Isso porque, uma vez lá em cima, era mais alto do que os outros.

Seguindo essa lógica, concluiu que quem conseguisse subir no ombro do pai por conta própria, sem precisar ser colocado ali, seria mais VIP ainda.

Kouta preparou a mira e escalou as costas do pai. Enquanto o homem berrava, firmou as patas bem no topo da sua cabeça, conquistando o respeito e a admiração das crianças.

Depois disso, Masahiro foi crescendo, crescendo, até ficar mais alto que o pai. Então Kouta passou a subir nas costas dele. Estão vendo? Ainda sou o mais alto, o mais VIP. Caçula uma ova!

Anos depois, foi a vez de Hiromi ultrapassar a altura do irmão, e Kouta mudou de alvo mais uma vez. Finalmente compreenderam que ele escolhia quem fosse mais alto, e Masahiro se chateou por ter sido preterido.

— Desce logo, vai. Tá pesado.

Hiromi tentou pegar o gato para tirá-lo das costas, mas é claro que Kouta não iria tolerar um tratamento desses. Desceu sozinho, cravando uma aterrissagem perfeita.

A mãe bateu palmas, admirada.

— Vendo essa agilidade, ninguém pensa que ele já tem vinte anos! Ainda mais com esse pelo brilhante.

— É mesmo! Outro dia, quando fomos no veterinário pra tomar vacina, as pessoas da sala de espera não acreditaram que ele tinha essa idade e ainda era tão macio.

Verdade, verdade. Kouta estufou o peito de orgulho. Graças a Deus, não tinha marcas do tempo. Não se surpreenderia se, em breve, seu rabo começasse a dar sinais de que ia se bifurcar.

— E o almoço? Vai comer na faculdade?

— Não, vou comer aqui, antes de ir.

— Pode ser *udon*?

— Pode, qualquer coisa tá ótimo.

A mãe foi para a cozinha e Hiromi se sentou à mesa e começou a folhear o jornal que estava ali.

Kouta subiu na mesa com um pulo. Observou onde estava pousado o olhar do jovem e se sentou exatamente ali.

Muito melhor olhar para mim do que para esse jornal sem graça. Minha linda pelagem cinzenta é bem mais agradável aos olhos do que essas letrinhas minúsculas. Se quiser, fique à vontade para acariciar toda essa farta maciez.

— Kouta, por que você sempre senta bem onde a gente está lendo?!

— Nessa parte, a Diana era igualzinha. — A mãe riu, saudosa.

As batidas da faca na mão dela soavam ritmadas. Pelo cheiro, estava picando cebolinha para pôr no macarrão *udon*. Não era um ingrediente muito apetitoso para os gatos. Foi Diana quem ensinou a Kouta que os gatos ficavam doentes se comessem cebolinha. Depois disso veio o cheiro gostoso do caldo, e a mãe apareceu com duas tigelas.

— Prontinho.

Serviu uma para Hiromi e colocou a outra diante da própria cadeira.

Kouta encerrou a ofensiva do jornal e foi se enrodilhar no colo de Hiromi, que num gesto natural pousou a mão esquerda em suas costas.

— Este é outro hábito esquisito que ele retomou... — riu a mãe, consternada.

Do que a senhora está falando?

Kouta não gostou da alfinetada. Pois não foi ela mesma quem pediu, lá no começo, que ele acompanhasse Hiromi nas refeições?

Isso aconteceu quando o menino finalmente aprendeu a mastigar a comida. Queriam acostumá-lo a ficar sentado em sua cadeirinha e comer, mas Hiromi logo se entediava e fugia dali. Então a mãe, exasperada, decidiu que Kouta deveria fazer companhia para ele.

— Olha só, o Kouta também vai ficar aqui — dizia ela —, então come bonitinho, tá?

A seção de recursos humanos, digo, felinos, acertou no recrutamento para essa função. Por terem dormido juntos desde que Hiromi era bebê, ele se apegou demais a Kouta. Se começava a se cansar de ficar sentado, a mãe interrompia a refeição e o deixava brincar com o gato, e assim finalmente o menino parou de fugir da mesa.

Kouta achava ridículo uma criatura não ser capaz de comer sozinha, mas como era da família se sentia obrigado a ajudar, ainda mais com o bebê tão apegado a ele. Então continuou a acompanhar Hiromi na hora das refeições. Quando o menino passou a comer na mesa grande, em vez da mesinha baixa, acabou parando com isso. Mas nos últimos anos havia percebido que mesmo na cadeira mais alta era possível fazer companhia, e retomou sua atividade.

— Não é ruim comer assim?

— Ah, eu me viro. Acho que com a idade o Kouta ficou mais carente, coitado.

Olha quem fala! Você é que não conseguia fazer uma refeição sem mim!

— Mas é deselegante comer assim com uma mão só. A gente precisava dar um jeito...

A mãe sempre fazia esses comentários, mas nunca tomou nenhuma medida mais drástica. Hiromi comeu usando apenas a mão direita, como de costume, e ao terminar usou essa mão para afagar o queixo do gato.

Isso, bem aí, um pouco mais para o lado.

— Bom, acho que eu vou indo — disse o jovem, se levantando.

— Espera um pouco — disse a mãe. — Toma, estas são as suas.

Ela entregou parte da correspondência que estava organizando antes do almoço.

— Tem chegado bastante coisa pra você.

— É que eu me inscrevi em vários seminários para buscar emprego.

Hiromi virou o primeiro postal da pilha e fez uma careta.

— Este aqui não precisa, é propaganda de tratamento estético.

— Ah, acharam que você é uma menina, de novo…

A preocupação da mãe, lá no começo, fazia sentido, acontecia muito de acharem que Hiromi era mulher por causa de seu nome.

— Na época da cerimônia de maioridade, você recebeu um monte de catálogos de quimonos femininos, né?

— Pois é, deve ser dessa gente que vende listas de contato… Mas podiam pelo menos ver direito quem é homem e quem é mulher — resmungou ele. Hiromi entregou o folheto à mãe, pedindo que ela jogasse fora.

— Ah, tem um cupom de desconto. Posso usar?

— Fica à vontade, tira todas as rugas que quiser.

— Será que elas saem? — A mãe repuxou as maçãs do rosto com as mãos. Parecia estar considerando seriamente a questão.

— Eu gosto do meu nome, mas esse tipo de confusão é chata…

Ouvindo isso, a mãe largou suas bochechas e sorriu.

— Você gosta do seu nome, é?

— Ah, até que gosto.

— Fala isso pro seu pai alguma hora.

É verdade, melhor dizer mesmo, concordou Kouta.

Meio sem jeito, Hiromi disse que qualquer hora faria isso, e saiu da sala.

— Eu odeio o nome Hiromi!

Hiromi começou com esses choramingos ao entrar na escola fundamental.

Já na primeira chamada da escola nova, a professora achou que o nome era de uma menina. Primeiro perguntou se *a* Hiromi Sakuraba estava e, ao perceber o erro, tentou consertar, mas a emenda saiu pior que o soneto:

— Ah, puxa! É que você é tão bonitinho com esses cílios compridos que acabei me confundindo!

Imediatamente, toda a classe passou a chamá-lo de Hiromi-chan, usando o honorífico comum para meninas, o que abalou profundamente sua autoestima.

Mas quem ficou mais abalado com a situação foi o pai.

— Detesto esse nome, Hiromi!

Cada vez que o filho tinha uma dessas crises de raiva ele parecia à beira das lágrimas. Afinal, ele é quem tinha vencido um jogo honesto de pedra, papel e tesoura e escolhido aquele nome para o menino.

— Não fala assim, é um nome bom! E tem o mesmo *mi* do nome da sua mãe.

A mãe se chamava Akemi. Quando nomearam o primogênito, Masahiro, usaram um dos ideogramas do nome do pai, Kazumasa. Por isso, ao escolher um nome para o mais novo, além da letra em comum com o irmão, o pai quis usar uma letra do nome da mãe. Já estava orgulhoso dessa seleção mesmo antes de saberem o sexo do bebê, dizendo que Hiromi serviria tanto para um menino como uma menina.

— Bom, já que era menino, quem sabe a gente podia ter usado o outro pedaço do meu nome e o chamado de Akihiro ou Hiroaki... — riu a mãe.

O pai estava cada vez mais próximo de desandar em prantos.

— É, ou eu poderia ter invertido os ideogramas de Hiromi e usado a pronúncia "Yoshihiro"...

— É brincadeira, tudo bem. — Ela afagou a cabeça do marido. — Acho que ficou bom assim, todos os nomes da família combinando! Cada nome começa com a última letra do outro, parece aquela brincadeira de criança.

— Não é nem um pouco bom! — Hiromi acabou com a tentativa de consolo da mãe. — Eu prefiro o nome do Kouta! Quero trocar com ele!

O gato, lançado de repente no meio da discussão, ficou perdido. Não queria ser envolvido naquela polêmica.

— Kouta é que é nome de menino. Esse era o nome que você queria pra mim, não era, mamãe?

Ainda mais deprimido, o pai saiu da sala.

— Ai, ai, coitadiiinho do papai — lamentou Masahiro num tom exagerado que acalmou um pouco os ânimos do irmão. Mas ele errou o passo seguinte. — Você é muito malvado, Hiromi!

— Não sou, não! — A birra voltou num instante. — Quero o nome do Kouta!

— Nada disso. — A mãe nem deu ouvidos. — Kouta já tem esse nome há seis anos, é maldade mudar de repente.

— É nada. Ele é um gato!

— Ah, então você acha que pode fazer o que quiser só porque ele é um gato, é? A mamãe não gosta de quem pensa assim.

Esta última frase da mãe pareceu surtir efeito, pois Hiromi se calou, emburrado. Quando Kouta espiou seu rosto, o menino desviou o olhar, fungando um pouco.

Ela deve ter achado que passara da conta, pois abraçou o filho para consolá-lo.

— É que já faz seis anos que a gente brinca com o Kouta e faz carinho nele usando esse nome. Não podemos tirar dele um nome que já guarda tanto carinho.

Pela cara de Hiromi, aquilo não estava fazendo muito sentido para ele.

— E seu nome também já tem seis anos de carinho da família inteira! Você vai jogar fora todo o meu amor?

A mãe fingiu chorar, numa atuação de terceira categoria, mas boa o bastante para que o menino ficasse aflito e tentasse consolá-la. Não parecia convencido daquela história, mas se conformou. Deve ter achado que, qualquer que fosse o caso, não podia fazer a mãe chorar.

Fala sério, um fuzuê desses só por causa de um nome, resmungou Kouta, dando de ombros, e Diana riu com ar de sabedoria.

Para os humanos, nomes são um negócio importantíssimo. Na hora de escolherem o meu nome, também foi um drama.

Diana se tornou a gata da família Sakuraba antes de Masahiro nascer, e seu nome também foi decidido no jogo de pedra, papel e tesoura.

A mãe sugeriu Diana por causa de uma personagem do livro *Anne de Green Gables*, do qual gostava muito. O pai, por sua vez, propôs outro nome.

"Furama"? Que nome esquisito.

Era o nome do hotel onde eles se hospedaram na lua de mel, no exterior. Como adotaram Diana logo depois dessa viagem, o pai queria registrar essa lembrança no nome da gata. Mas para a mãe a principal lembrança que o nome do hotel evocava era a de ter perdido a chave do quarto e ficado trancada para fora, o que não queria registrar em lugar nenhum, por isso insistiu em Diana.

O pai sempre foi um romântico...

De fato, essa história de querer usar uma letra do nome da esposa para o filho, assim como haviam feito com o seu, era meio melosa.

Naquela noite, o pai foi ao quarto de Hiromi e disse, com a gravidade de quem toma uma decisão heroica e trágica:

— Escuta, Hiromi. Não dá para mudar seu nome já, mas se você continuar não gostando dele quando crescer, acho que pode entrar com um processo num tribunal e pedir autorização para mudar. Então, não dá pra resolver isso agora, mas o que você acha de pensar de novo quando for maior?

Kouta, deitado no pé da cama, focinhou a sola do menino.

Ei, eu sei que você tá acordado. Fala pra ele que não precisa mudar de nome. No fundo você sabe que essa amolação dos colegas não é nada grave, não sabe?

Hiromi certamente estava desperto, tanto que empurrou o focinho do gato, mas insistiu em fingir para o pai que dormia.

O que encerrou de uma vez por todas essa crise sobre o nome foi uma visita da prima Satsuki nas férias de verão.

Os meninos da família Sakuraba adoravam essa prima de doze anos, bonita e gentil, e é óbvio que competiam o dia inteiro pela atenção dela.

Um dia, no meio dessa disputa, Masahiro mencionou que o irmão estava sempre choramingando por causa de seu nome.

— Nem vem se achando, você ficou todo chateado só porque a professora pensou que você fosse menina!

Pego de calça curta, Hiromi ficou todo vermelho e voou para cima do irmão, que não deixou barato. Num instante os dois estavam engalfinhados.

Satsuki, que foi arbitrar a luta, ouviu o que cada menino tinha a dizer e depois perguntou, surpresa:

— Então você não gosta do seu nome?

Hiromi resmungou que claro que não gostava.

— Sempre acham que é de menina!

— Puxa, eu acho bonito... — A prima sorriu sem jeito. — Era o nome do primeiro menino de quem eu gostei quando estava na pré-escola, mas o dele se escrevia com outras letras.

Isso teve sobre Hiromi o efeito de um home run de virada nos últimos minutos de um jogo de beisebol. Ainda mais depois que Satsuki continuou a falar, descrevendo esse tal xará, seu primeiro amor, como um menino lindo e maravilhoso. Masahiro tentou jogar um balde de água fria no irmão, disse que o tal menino só tinha o mesmo nome e que isso não significava que Satsuki gostava dele. Mas Hiromi não deu a mínima, continuou felicíssimo.

— Ai, que bom! — A mãe juntou as mãos, agradecendo a Satsuki. — Ele andava muito chateado com as piadas dos colegas, e aí o pai também fica deprimido...

— Ah, então você precisa pedir desculpas ao seu pai, Hiromi... — sugeriu a prima.

Mas ele ficou constrangido e desconversou, dizendo que faria isso depois. De qualquer maneira, a verdade é que ele não ficou mais emburrado por causa de seu nome nem voltou a pedir para trocar de nome com Kouta.

Quando as aulas voltaram, os colegas pararam de implicar com o nome de Hiromi. Na verdade, achavam divertido ver o menino irritado, então quando ele parou de se importar eles também deixaram de fazer piada.

Hiromi e seu pai deviam muito a Satsuki, por ela ter mostrado ao menino que ele tinha um nome lindo. Mas, para Kouta, foi nas férias do verão seguinte que essa prima prestou um grande favor.

As férias começaram muito mal para Hiromi. O coelho criado na sua escola morreu pouco antes do fim das aulas, justo quando estava sob os cuidados da sala dele.

A tarefa diária era levar hortaliças para o coelho comer, e Hiromi levava as porções de cenoura, repolho e afins com grande alegria. As crianças chegavam a competir para ver quem faria a limpeza da casinha.

Mas certa manhã o bichinho do qual gostavam tanto estava caído no chão, duro e frio. Toda a escola lamentou sua morte, mas a turma de Hiromi, responsável pelo coelho naquela semana, foi quem mais sentiu a perda.

— Mamãe, o que é expectativa de vida? — perguntou Hiromi ao chegar da escola.

Ele e seus colegas tinham ficado preocupados, achando que haviam feito alguma coisa errada, e queriam até organizar uma reunião para reavaliar suas ações. Então a professora da turma explicou que era uma questão de expectativa de vida. O coelho já tinha idade, viveu o esperado, não foi culpa de ninguém.

Mais do que se tranquilizar por não ter causado a tragédia, Hiromi ficou preocupado em entender que história era essa de expectativa de vida.

Enquanto a mãe se embananava para responder à pergunta, Masahiro, que estava entrando na fase rebelde da adolescência, interveio num tom maldoso:

— Expectativa de vida é expectativa de vida, ué! Quando chega a hora todo mundo morre, você não sabia?

Até pouco tempo antes, o próprio Masahiro estava tão aflito com esse assunto que nem conseguia dormir. Acordava de madrugada perguntando se os pais também iam morrer e chorava copiosamente agarrado à mãe. Talvez agora quisesse botar banca justamente por ter sofrido tanto.

— E não são só os coelhos, não! O Kouta e a Diana também vão morrer uma hora. Além disso…

— Masahiro!

A mãe mandou o filho mais velho para longe antes que ele acrescentasse que o mesmo aconteceria com o pai e a mãe.

No entanto, a notícia de que Kouta e Diana também acabariam mortos, como o coelho, já havia causado estrago suficiente. Hiromi desatou a chorar, num berreiro como os de quando era bebê.

— Eu não quero que o Kouta morra! Nem a Diana!

Se ele falou antes o nome do Kouta, não foi por não gostar da gata, mas porque sua relação com Kouta era especial. Nascidos na mesma época, dormiam lado a lado toda noite e estavam juntos até na hora de comer. Apesar de serem gente e gato, eram como dois irmãos. Qualquer criança choraria desse jeito se jogassem na sua cara, de repente, que seu irmão felino ia morrer.

Isso já era demais, Masahiro tinha passado da conta nessa provocação ao irmão, pensou Kouta, batendo irritado a ponta do rabo.

— Não se preocupe, os dois estão bem, ainda vão viver bastante!

A mãe fez o que pôde para consolar Hiromi, até que ele cansou de chorar e se acalmou.

Mas a questão de que um dia os gatos morreriam não estava resolvida. O menino ficou borocoxô, e continuou assim no começo das férias. Às vezes, mesmo enquanto dormia, uma lágrima escorria em seu rosto. Kouta perdeu as contas de quantas dessas lágrimas secou com uma lambida durante suas patrulhas noturnas.

Escuta, Diana…, ele disse na sala, certa madrugada. Será que tem um jeito de a gente viver mais que o Hiromi?, perguntou.

Só seria preciso viver um único dia a mais. Isso já resolveria o problema.

Infelizmente, acho que é difícil, foi a resposta da gata. Os humanos, se viverem bastante, podem chegar até perto dos cem anos. Nunca ouvi falar de um gato que tenha vivido tanto assim.

Bem que podia ter alguma maneira... Não suporto ver ele tão chateado.

As férias começaram com os dois gatos de coração pesaroso. Foi então que a prima Satsuki fez outra visita à família.

A chegada da prima querida animou um pouco Hiromi, mas, mesmo assim, de vez em quando ele se entristecia e sua expressão se anuviava. Isso aconteceu num dia em que Satsuki estava ajudando os meninos com a lição de casa. Hiromi soltou um suspiro pesado.

— O que foi?

Bastou essa pergunta para as lágrimas transbordarem dos olhos do primo. Pendiam nos tais cílios longos que a professora do ano anterior dissera que pareciam de menina, e caíam.

Ele contou sobre o coelho que tinha morrido antes das férias. Masahiro se remexeu na cadeira, desconfortável. Mas Hiromi foi muito correto e não disse uma palavra sobre a maldade do irmão.

— Kouta e Diana também vão morrer um dia, não vão?

— É, vão...

Satsuki virou a cabeça de leve, sem saber o que fazer. Aquele assunto estava fora da alçada de uma menina de treze anos.

— Mas os dois são gatos, então...

Então o quê? Kouta e Diana esperaram atentos pelas palavras da menina.

— Dizem que quando um gato vive dez anos ele se transforma. Ou seriam vinte? — Quanto era mesmo? Satsuki pensou por algum tempo, depois desistiu. — Enfim, dizem que quando as pessoas cuidam dos gatos e eles vivem bastante tempo, eles se transformam.

— Ah, eu sei! — interveio Masahiro, baixinho. — Eles viram *nekomata*. O rabo deles bifurca.

— Isso, exatamente! — concordou Satsuki.

— E aí, se o gato virar *nekomata*, ele não morre mais? — perguntou Hiromi, meio incrédulo.

— Acho que não... porque aí ele vira um ser mágico, um *yōkai*. Nunca ouvi falar de um *yōkai* morrer.

A expressão de Hiromi se iluminou, enxergando uma luz na escuridão.

— Será que o Kouta e a Diana vão virar *nekomata*?

— A Diana já tem catorze anos, não tem? Acho que é possível, ela já viveu tanto!

Né? Satsuki instou Masahiro a concordar. Ele, focado nos exercícios da lição, não disse nada. Mas também não negou que esses seres mágicos existiam.

— Eba! — comemorou Hiromi. Pela primeira vez em muito tempo, ele abriu um sorriso de verdade.

Então pronto. Era só os dois gatos conseguirem virar *nekomatas* e tudo ia dar certo.

Mas, afinal, como é que se faz isso? Será que era só viver bastante e você já se transformava?

A opinião de Diana foi que não, que devia ser necessário dar entrada em algum processo.

Quando alguma coisa muda, os humanos sempre vão na prefeitura e fazem algum processo, explicou ela. Quando alguém nasce ou morre, quando pessoas se casam… Tem processo para tudo. Quando Masahiro e Kouta nasceram, os pais foram registrar na prefeitura. Talvez você não se lembre porque era filhote.

Ao ouvir isso, Kouta se lembrou que no ano anterior, quando Hiromi começou a dizer que queria mudar de nome, o pai falou que seria preciso entrar com um processo. Mas, falando concretamente, como será que funcionava esse negócio de processo?

Deve ser um formulário, declarou Diana, muito convicta. Quando foram registrar o Masahiro e o Hiromi, eles preencheram um formulário. Tem que escrever tudo o que pedem, depois assinar com seu carimbo pessoal.

E agora? Eu não sei escrever… Mas pelo menos carimbar um gato consegue.

Tá, e onde eu vou arranjar um carimbo pessoal para gatos?

Essa se tornou a grande questão.

E, no fim das contas, não deu tempo de Diana usar o dela.

— Cheguei! — anunciou Hiromi, de volta da universidade.

— Na hora certa! — exclamou a mãe, da cozinha. — Você pode ir comprar um negócio pra mim?

Hiromi, que havia acabado de deixar a mochila na sala, não gostou muito.

— Você podia ter ligado ou mandado uma mensagem!

— É que só agora eu percebi que estou precisando.

— Tá bom, tá bom. O que você quer?

Hiromi podia resmungar, mas nunca recusava um desses pedidos da mãe.

— *Kanikama*.

— Ah! — O jovem pareceu entender. — Hoje é o aniversário de morte?

— É. Aí eu queria oferecer um *kanikama* no altar.

Era uma das comidas favoritas de Diana, que havia falecido quando Hiromi estava no quarto ano da escola.

Ela partiu em um raro dia ameno do inverno, um respiro em meio às semanas geladas.

— Puxa, já faz dez anos?

— Ela viveu bastante, ficou dezesseis anos com a gente...

— Faltava pouco para ela virar um *nekomata*.

Hiromi trocou um olhar com a mãe e deu uma risadinha.

Opa! Fazia tempo que não surgia esse assunto.

Não se esqueçam que eu ainda moro nesta casa, hein?

Kouta subiu correndo nas costas do jovem, que gritou *ai* e encolheu os ombros, onde se firmavam as unhas das quatro patas.

— Não faz isto, estou saindo pra ir no mercado.

O gato driblou as mãos de Hiromi que tentavam tirá-lo dali e pulou para o chão com graça e elegância. Em seguida esfregou a cabeça nos joelhos do jovem, que afagou seu queixo e deu risada.

— E você já tem vinte e um, não tem? Bem que eu queria que você se transformasse...

Deixa comigo. A Diana não conseguiu resolver isso a tempo, mas eu já encontrei meu carimbo.

Hiromi estava saindo, levando só a carteira, quando a voz de sua mãe o alcançou:

— Ah, como você vai sair... — Ela sempre tinha algo para aproveitar de qualquer um que saísse de casa. — Pega o paletó na lavanderia. Já está pronto.

— Você já mandou lavar? Obrigado.

Depois que Hiromi mergulhou na busca por emprego, era mais frequente ele sair de terno, como o pai.

— Vai logo que assim que seu pai chegar vou pôr o jantar.

— Quantas exigências! — Ele riu, saindo de casa.

Kouta foi até a porta para se despedir. Não compra o *kanikama* errado, hein? Pra Diana, tem que ser com pouco sal.

— O que foi, Kouta? Você também precisa de alguma coisa?

Para ele, Hiromi trouxe um petisco de bacalhau com queijo.

Diana tinha um defeito de nascença em um dos olhos, e sua visão foi se turvando até se perder por completo. Depois o outro olho também começou a ficar ruim e, talvez por medo de circular com a visão embaçada, ela praticamente parou de se mover, só andava para comer e ir ao banheiro. Com isso, seu apetite também diminuiu, e o pelo, que era brilhante, ficou emaranhado e seco, dando a ela o típico aspecto de uma gata idosa.

O veterinário falou que ela estava chegando ao fim da vida.

Que pena, parece que eu não vou conseguir virar *nekomata*, murmurou Diana, já bem frágil. Ainda não sabiam onde arranjar um carimbo de assinatura para gatos.

Kouta não ficou dizendo palavras desnecessárias de consolo. O tempo que Diana tinha para viver estava acabando. Ela não era um dos gatos capazes de virar *nekomata*. Só isso. Quando a providência se manifesta, os felinos não se opõem.

Será que o Hiromi vai chorar muito quando eu for embora?

Tudo bem, eu vou estar com ele.

Conto com você, hein?

O inverno daquele ano foi rigoroso. Num dia ensolarado, uma pausa em meio ao frio intenso, Diana deu discretamente seu último suspiro, cercada de toda a família.

Espero que você consiga virar *nekomata*.

Foi a última coisa que ela disse antes de partir.

Hiromi chorou muito e passou o dia inteiro sem conseguir comer. Mas no dia seguinte comeu um monte, como se quisesse tirar o atraso.

Enquanto ele estivesse comendo bastante e dormindo bem, estava tudo certo.

Hiromi comia, dormia, e a cada dia ficava um pouco maior.

Conforme crescia e ficava forte, a quantidade de tristeza que era capaz de tolerar também ia aumentando. Ele deixou de chorar toda vez que se dava conta de que Diana não estava mais ali. Voltou a sorrir mesmo com a ausência dela.

Mas às vezes ainda chorava dormindo, e então Kouta lambia discretamente suas lágrimas salgadas.

Tá tudo bem, eu estou aqui. Vou virar *nekomata* e te acompanhar até seu último suspiro.

Esse tinha sido o último desejo de Diana.

O carimbo, o carimbo. Onde será que estava esse carimbo de gato, para ele poder dar entrada no processo?

A resposta o pegou de surpresa.

— A senhora pode carimbar aqui, por favor?

Sempre falavam isso na porta, ao trazer alguma entrega.

A mãe pegava o carimbo usado para entregas, que já ficava no corredor de entrada, carimbava o comprovante de recibo do moço e recebia a encomenda.

Mas naquele dia o carimbo havia desaparecido, ela não encontrava por nada. Então, perguntou o seguinte:

— Pode ser com a impressão digital?

— Pode, sim.

Ela afundou a ponta do dedo indicador na almofada de carimbos vermelha, depois pressionou no comprovante.

Kouta observou toda essa cena.

Então quer dizer que o passarinho da sorte vivia dentro de casa?

O carimbo dos gatos já vinha de fábrica, instalado na pata!

Sabendo disso, agora Kouta só precisava praticar. Às vezes a mãe errava ao carimbar o comprovante e precisava tentar de novo. Seria preciso muito treino para garantir que nada assim aconteceria.

Desde então, ele se dedicou de corpo e alma a essa prática.

Se acontecia de a mãe deixar a almofada de carimbo aberta, é claro que ele ia correndo, e quando o pai estava usando carimbos para decorar cartões de boas-festas no final do ano, Kouta deixou suas digitais em todos os cartões em branco que viu sobre a mesa.

O pai ficou passado, mas a mãe disse que era só transformar em flores de ameixeira, sacou uma caneta-pincel e rapidamente disfarçou com alguns galhos.

A tinta usada por Kouta nos desenhos da lição de casa, o ketchup derramado, o resto de shoyu em um prato — tudo servia para praticar, mesmo que não fosse vermelho como a tinta do carimbo oficial.

Agora restava apenas esperar a documentação chegar.

Com certeza, uma hora dessas a mãe ia entregar um dos envelopes da correspondência para ele, dizendo: "Este é pra você, Kouta".

Depois de um longo processo seletivo, Hiromi conseguiu entrar para a empresa de turismo que almejava. Quis seguir esse caminho porque, quando organizou uma viagem para o clube do qual fazia parte na universidade, gostou dessa atividade muito mais do que imaginava.

No dia em que saiu a notícia informal da contratação, toda a família comemorou. Até Diana ganhou um *kanikama* extra, fora do aniversário de sua morte.

Para Kouta, serviram um petisco seco de filé de frango.

Masahiro não veio nesse dia, mas na outra vez que visitou a família com a esposa trouxe uma gravata para celebrar o novo emprego. Os pais também deram seus presentes, é claro. O do pai foi um relógio de pulso e o da mãe, um grande tecido costurado em forma de anel.

Esse presente deixou Hiromi perplexo.

— O que é isto?

— Um *sling*. Usa assim, ó.

A mãe passou o tecido na diagonal sobre seu corpo e, na parte que pendia como uma bolsa, pôs Kouta.

— Na verdade, é feito para colocar bebês. Mas dá pra usar com gatos também. Assim você fica com as duas mãos livres pra comer.

— Ah, entendi...

Nas refeições Hiromi costumava ter só uma mão livre para comer, já que Kouta estava sempre no seu colo.

— É bem prático, mas tem certeza que esse presente é pra mim? Não é para o Kouta?

— Eu sempre quis dar um jeito nessa situação! E agora descobri esse negócio.

— Tá certo...

Assim, Hiromi passou a comer com o gato pendurado no *sling*.

— Mas esse gato é esquisito, né? Gosta de escalada, é artista, e agora depois de velho arranjou essa mania de colo — comentou o pai.

A mãe concordou:

— Uma hora dessas vai sair andando em dois pés.

— Já, já ele se transforma! — Hiromi riu e fez um carinho no gato dentro do *sling*. — Vamos lá, quero ver você virar *nekomata*, hein?

A prima Satsuki, que contara sobre a existência dos *nekomata*, ainda telefonava de tempos em tempos. Já estava em uma posição bem estabelecida em uma empresa perto de onde crescera, até treinava os novatos recém-formados.

O inverno passou, com mais um aniversário de morte de Diana, e veio a primavera.

Hiromi começou a ir de terno para o escritório todos os dias.

— Até mais tarde!

Ia se despedindo certo dia, quando a mãe o deteve, apontando para o próprio queixo.

— Faltou um pedaço!

O jovem correu para a pia do banheiro e pegou o barbeador elétrico.

Opa! Alerta de costas dando sopa.

Kouta sacudiu o traseiro, preparado para subir correndo, mas a missão não teve sucesso porque Hiromi percebeu a tempo e desviou.

— Não pode, estou de terno! Imagina se você rasgasse o paletó.

O terno novo em folha não estava na mesma categoria que as camisetas e as calças de moletom de sempre.

Hunf. Dessa vez, Kouta deixou barato. Mas em duas a cada três tentativas conseguia achar uma brecha e subia até o topo.

Com o tempo, Hiromi se conformou que o gato escalaria os ternos também, e chegava a fazer a barba com o gato pendurado no ombro.

— Mãe, você pode fazer *tonkatsu* amanhã? — ele pediu certa vez ao chegar do trabalho. Foi no outono, seis meses depois de entrar para o mundo profissional.

— Puxa, por quê? Você tem prova?

Hiromi não tinha frescura com comida, comia bem qualquer coisa que fosse servida. A única hora em que ele pedia um prato específico era na véspera de alguma prova importante, quando queria comer *tonkatsu* para dar sorte.

Kouta ficou intrigado. Hiromi já tinha se formado! Mas o jovem esclareceu:

— É, vou fazer uma prova para receber uma qualificação.

Então era por isso que ele andava estudando noite adentro, concentrado, como fazia na época de prova da faculdade.

A mãe fez o seu melhor *tonkatsu*. Kouta tentou treinar seu carimbo com o resto de molho nos pratos, mas Hiromi e o pai o impediram, depois de serem alertados pelos gritos de "Não deixa, não deixa!" da mãe.

Na manhã seguinte, o jovem saiu animado para fazer a prova.

Cerca de um mês depois, a mãe deixou escapar uma exclamação enquanto separava a correspondência.

— Acho que é o resultado da prova...

Ela esperou ansiosa o retorno do filho e lhe entregou a carta com a maior displicência de que foi capaz.

Hiromi abriu o envelope com o semblante tenso.

Graças ao *tonkatsu* ou ao próprio esforço, havia sido aprovado com folga.

Enquanto mãe e filho comemoravam, Kouta farejou o papel que saíra do envelope. Será que não precisava de carimbo?

— O que foi, Kouta? Você vai ler?

Ah, não é nada, é só que o meu está demorando pra chegar…

Hiromi deve ter achado que o gato queria mais detalhes, pois explicou o que dizia o documento.

— Quem tem essa qualificação pode trabalhar como guia turístico em viagens internacionais.

— Quando será que vai ser sua primeira viagem para fora? — perguntou a mãe, mas Hiromi deu de ombros.

— Difícil saber… tem gente que já viaja no primeiro ano na empresa.

Ele parecia animado, pensando em quando e para onde seria.

Chegou o inverno, o aniversário de morte da Diana, e logo mais seria a primavera.

Foi então que aconteceu.

Hiromi estava diante da pia do banheiro, fazendo a barba.

Opa! Alerta de costas dando sopa.

Kouta pulou e ia correr até lá em cima, mas… ixi!

Quando deu por si, estava indo ao chão. Hiromi olhava lá de cima, surpreso.

Essa não, mandei mal! Acho que hoje não estou na minha melhor forma. Constrangido, Kouta bateu em retirada.

Porém, depois desse dia, nunca mais conseguiu escalar as costas de Hiromi. Por mais que tentasse, sempre parava no meio, não conseguia chegar ao topo.

E não foi só isso. Também não subia mais na mesa com um pulo só. Tinha que pular primeiro em uma cadeira, para depois passar para a mesa.

Pelo visto, a velhice que se apossara de Diana estava tentando fazer o mesmo com ele.

Epa, epa, acho que eu vacilei...

Afinal, Satsuki tinha dito que os gatos que vivessem vinte anos conseguiriam se metamorfosear. Kouta já tinha vinte e três. Na próxima estação das chuvas faria vinte e quatro.

Ele tinha tanta certeza de que bastaria viver até aí para virar um *nekomata*...

Mas sua documentação não ia chegar.

Que pena. Tinha treinado tanto para usar seu carimbo.

Faltava pouco para a primavera. O rigor do inverno e a brisa primaveril competiam, fazendo a temperatura oscilar. Durante esse ir e vir de dias frios e quentes, Kouta acabou pegando uma gripe. Membranas apareceram em seus olhos e a mãe correu com ele para o veterinário. Ele recebeu soro na veia, mas a gripe foi se prolongando e suas forças se esvaindo.

Já estava na cara. Kouta não tinha mais muito tempo.

Bem nessa hora, agendaram o primeiro tour internacional de Hiromi.

— Onde vai ser?

— Na França. Uma visita ao monte Saint-Michel.

— Que sorte! Você sempre quis conhecer esse lugar — a mãe respondeu animada, mas dava para perceber na sua voz um quê de performance.

— É, queria mesmo, mas... justo agora?

— Não tem jeito. Se você disser que não pode ir porque está preocupado com seu gato, vão te demitir.

A mãe colocou um remédio no canto da boca de Kouta com conta-gotas. No começo ele tinha achado ruim e resistido, mas agora se submetia a tudo. Afinal, se debater à toa só ia diminuir o tempo que lhe restava.

— Tudo bem, é só uma semana. Ele vai esperar, tenho certeza — disse a mãe, apesar de não acreditar realmente que isso fosse acontecer.

Ninguém acreditava, mas Kouta decidiu confiar em si mesmo. Ia conseguir esperar a volta de Hiromi.

Vai lá, pode ir. Por acaso um gato que já viveu vinte e três anos não vai ser capaz de aguentar mais uma semaninha?

Hiromi afagou a pelagem macia de Kouta por muito tempo, como se aquela fosse sua última despedida, e partiu para o tour. Telefonava todos os dias, a qualquer hora da manhã ou da noite. Aconteceu até de o telefone tocar no meio da madrugada, mas a mãe nunca demonstrou nenhum incômodo.

— Tá tudo bem, ele está tomando o remédio direitinho.

Masahiro, que morava longe, também veio ver Kouta.

— Acho que essa vai ser a última vez…

Ficou até bem tarde, postergando o adeus, depois foi embora de carro.

Uma noite. Duas noites… Quantos dias já tinham se passado?

Uma sonolência serena se abatia sobre Kouta sem parar, como ondas.

Se ele se deixasse levar por essas ondas, certamente não abriria mais os olhos.

Kouta não tinha medo — afinal, seu destino era o mesmo lugar para onde Diana já havia ido. Cedo ou tarde, todos iriam para lá. O pai, a mãe, Masahiro… e Hiromi também.

Ah, era realmente uma pena não poder estar ao lado de Hiromi até o fim. Satsuki contou sobre o *nekomata*, mas não adiantou.

Depois de treinar o carimbo com tanto afinco…

Tudo o que desejava era viver um só dia mais que Hiromi.

Mas o menino já estava totalmente crescido. Crescido, forte, o mais alto da família. Tão alto que Kouta nem conseguia mais subir em seus ombros.

Então ele ia ficar bem.

Seu corpo, grande e forte, certamente já era capaz de lidar com uma dose bem maior de tristeza.

As ondas de sono continuavam a chegar, pegajosas.

De repente, uma mão grande afagou sua cabeça. Dedos acariciaram seu queixo, depois foram coçar atrás das orelhas. Kouta começou a ronronar sem querer.

Para com isso, assim está tão gostoso que vou acabar adormecendo e aí não vou mais conseguir acordar!

Teve a impressão de ouvir Hiromi chamar seu nome.

Hiromi.

Hiromi. *Hiromi*.

É um bom nome. Isso dos amigos fazerem piada é bobagem.

O *masa* de Masahiro veio do pai, e o *mi* de Hiromi, da mãe. E o *hiro* combinando nos dois nomes, como num jogo de palavras.

O meu nome também usa a mesma letra.

Não há no mundo outra família com nomes tão bem conectados.

Então, fala pro seu pai que você gosta do seu nome...

O pai de Hiromi foi buscá-lo de carro no aeroporto.

Era uma hora até em casa, pela via expressa.

— Vai.

Obedecendo ao pai, ele desceu do carro na frente da garagem e correu.

A porta já estava aberta. Arrancou o sapato e entrou.

Tinham feito uma cama para Kouta no canto mais quentinho da sala. A mãe estava sentada ao lado dele, com os olhos inchados de chorar.

— Ainda...?

Ela fez que sim. Kouta ainda estava vivo.

Hiromi se aproximou temeroso, ajoelhou e afagou a pequena cabeça cinza e tigrada.

Acariciou embaixo do seu queixo e coçou atrás das orelhas.

Kouta ronronou. Estava vivo.

— Kouta.

A sua voz falhou. Kouta também respondeu com um pequeno miado rouco.

Toda a família se revezou afagando o gato, por muito tempo, e às vezes ele ronronava em resposta.

Perto da alvorada, o ronronar cessou.

Ah, ele dormiu.

Adormeceu, e não voltou mais a ronronar. Por algum motivo, não sentiram tristeza. Queriam apenas agradecer.

— Ele esperou por você. — A voz da mãe estava tranquila. — Para que sua primeira viagem a trabalho não se transformasse numa lembrança triste.

O pai riu:

— Um gato que gosta de escalada, é artista, gosta de colo e que escolhe com cuidado o timing para partir dessa para melhor. Foi um felino de muitos talentos.

— Pai... — Hiromi não saberia dizer por que resolveu dizer isso naquele momento. As palavras só saíram, como se fossem empurradas para fora: — Eu gosto do meu nome.

— Que é que te deu, assim do nada?

— Não sei, só pensei agora que é um bom nome. — Afagou de leve o corpo de Kouta, que ainda guardava o calor. —

Se eu nascer de novo, quero ser filho de vocês mais uma vez. Receber esse nome, Hiromi, e criar o Kouta.

— Ei, você tá esquecendo do Masahiro — interveio a mãe.

— Tá, se ele pedir direitinho deixo ele ser meu irmão de novo.

Masahiro provavelmente diria a mesma coisa.

— Então deem os mesmos nomes pra gente, tá?

— Ah, hum... Tá bom.

O pai continuou intrigado, sem saber por que esse assunto tinha surgido bem naquela hora.

ESTA OBRA FOI COMPOSTA PELA ABREU'S SYSTEM EM ADOBE GARAMOND
E IMPRESSA EM OFSETE PELA LIS GRÁFICA SOBRE PAPEL PÓLEN NATURAL
DA SUZANO S.A. PARA A EDITORA SCHWARCZ EM OUTUBRO DE 2025